悪鬼

彦六女色捕物帖

鳴海　丈

Narumi Takeshi

文芸社文庫

〈悪鬼　彦六女色捕物帖〉目　次

手柄ノ一　生《き》娘殺《むすめごろ》し

1

「――舐《な》めろ」

男は、右足を突き出した。

草鞋《わらじ》に革足袋《かわたび》を履《は》いた大きな足は、土埃《つちぼこり》で汚れている。

「………」

その女は四ん這いの姿勢で、震えていた。

全裸だ。一糸まとわぬ姿である。

脂《あぶら》がのった二十代前半の白い肢体が、打《う》ち込《こ》み松明《たいまつ》に照らされて、艶《なまめ》かしく光っている。

周囲には、血臭が満ちていた。

深夜――中仙道《なかせんどう》は伏見《ふしみ》宿に近い須原《すはら》村、その庄屋《しょうや》・宗右衛門《そうえもん》の屋敷である。

屋敷の中は、惨憺《さんたん》たる有様だった。

玄関の式台《しきだい》に、廊下に、座敷に、台所の土間《どま》に、長脇差《ながどす》や手槍《てやり》などで殺された奉公人《ほうこうにん》たちの死骸が転がっている。

畳や襖《ふすま》が、犠牲者の鮮血や内臓の肉片などで、汚れていた。

凶暴な盗人《ぬすっと》の集団が、侵入したのだ。

中仙道筋や東海道筋では、鬼神か死神のように怖れられている〈業人《ごうにん》の寒兵衛《かんべえ》〉一味であった。

男で生き残ったのは、当主の宗右衛門と総領《そうりょう》息子の松次郎《まつじろう》、それに松次郎の子の多助《たすけ》の三人だけだ。

宗右衛門親子は、大座敷の柱に縛りつけられている。

六歳の多助は、そのそばに、雁字絡《がんじがら》めで転がされていた。騒がないように、当て落とされている。

そして、女たちは裸に剥《む》かれて、その大座敷で盗人どもに犯されていた。

女中頭の三十女のお松も、まだ幼い下女のお玉《たま》も、汗くさい荒くれ男どもに蹂躙《じゅうりん》され、弱々しい悲鳴をあげている。

逃げ出そうとして斬られた下女が、二人。

それから、「こんな婆ァは、姦《や》る気にもならねえっ」と盗人の大槌《おおづち》で頭部を粉砕されたのが、宗右衛門の老妻のお米《よね》。

それ以外の七人の女は、皆、この大座敷で集団輪姦されていた。

盗人の総数は、十二人であった。

異変が起こった時には、すぐに対処できるように、長脇差などの獲物は、手近な畳に突き立ててある。

鴨居《かもい》や柱に突き立てられた松明の光に、その悲惨で淫靡《いんび》な光景が浮かび上がっていた。

積み上げた千両箱に、頭《かしら》の寒兵衛は腰をおろしていた。

岩から削り出したような、逞《たくま》しい大男だ。

年齢は、四十歳前後であろう。

餓えた肉食獣を思わせる、獰猛《どうもう》な容貌だった。奥まった眼窩《がんか》の底で、両眼が、抜き身の刃《やいば》のように不気味に青白く光っている。

髪は伸ばし放題で、湾曲した額当《ひたいあて》を装着していた。

濃緑色の小袖を臀端折《しりはしょ》りにして、黒い川並《かわなみ》を履いている。帯には、長脇差が差してあった。

そして傍《かたわ》らには、手槍が立て掛けてある。

彼の前に犬這いになっているのは、松次郎の嫁のお葉《よう》だ。

今は恐怖に引きつってはいるが、下ぶくれの、おっとりした顔立ちの美女である。

小柄な女なので、寒兵衛とは、大人と子供ほどの体格差があった。

「どうした」と寒兵衛。

「亭主や子供の命を助けたくは、ねえのか」

「ほ、本当に……私がお前様にご奉仕したら、家の人や義父《とう》さんを助けてくれるんですね。多助に何もしないと、約束してくれるんですねっ」

裸のお葉は、必死の面持《おもも》ちで問う。

「くどいぜっ」寒兵衛は言った。

「俺も、闇稼業《やみかぎょう》じゃあちっとは名の知られた、業人の寒兵衛だ。舌は一枚しかねえよ」

業人――〈業報人《ごうほうにん》〉とも〈業さらし〉ともいい、前世に己《おの》れが犯した悪業の報いで、現世において恥辱をさらすことをいう。

「わ、わかりました……」

覚悟を決めたように、お葉は、這って前へ出た。

大きめの乳房が、たぷったぷっと揺れる。下腹部の繁みも、豊かであった。

「ぐ……」

猿轡《さるぐつわ》をされている松次郎が、絶望的な呻きを洩らして、眼前の光景から顔を背《そむ》ける。

お葉は、凶盗の草鞋の紐を解くと、革足袋を脱がせた。

軀《からだ》と同じように、太く逞しい寒兵衛の指であった。五指の背や足の甲に、剛《こわ》そうな毛が生えている。

革足袋に蒸れた親指を、お葉は躊躇《ためら》いながら、口に含んだ。眉をしかめて、汚れた足指をねぶる。

舅《しゅうと》の宗右衛門も、嫁の哀しい姿を直視するのに耐え切れずに、がっくりと首を垂《た》れた。


「そうだ、手を抜いちゃいけねえ。一本一本、丁寧にしゃぶるんだぜ。指の間もな」

丼で、手下の一人が台所から持って来た地酒を飲みながら、寒兵衛は言う。

「かつては中仙道小町《こまち》とまで言われた女が、大庄屋の跡取りの女房が、真っ裸で盗人風情《ふぜい》の足を舐める。世の中ってのは、面白いもんだなあ、お葉」

「う……うう……」

寒兵衛の足指をしゃぶりながら、お葉は、涙ぐんだ。

「おや、頭《かしら》。その女、嬉し泣きしてますぜっ、けっけっけ」

十八歳の処女を押さえつけ、リズミカルに犯している伝八《でんろく》が、毒々しく嗤《わら》った。

他の男たちも、非道《ひどう》な行為を続行しながら、げらげらと嗤う。

まだ山中は冷えこみの厳しい季節だが、大座敷には火鉢《ひばち》が並べてあるので、寒さは感じない。

「右足は、もういい。今度は、この真ん中の足を咥《くわ》えな」

壮年の大男は、川並の前を開いた。

赤黒くそそり立った生殖器を、剥き出しにする。

巨《おお》きかった。しかも、松の根瘤《ねこぶ》のように節榑《ふしくれ》立っていた。

その凶暴な形状に、信じられないという表情になったお葉は、すぐに顔を伏せる。

「ふん……泥鰌《どじょう》みてえな亭主のものとは、大違いだろう。さあ、その口唇《くち》で、たっぷりと可愛がってもらおうかい」

お葉は、下手《へた》な操り人形のように、ぎくしゃくした動きで、寒兵衛の両足の間に跪《ひざまず》くと、その股倉《またぐら》に顔を寄せた。

しゃぶる。

「くぅ……ん…くぅぅ……」

何の罪もない人妻は泣きながら、しゃぶった。

「よし。四ん這いになって、臀をこっちに向けな」

命じられた通りにしたお葉の臀部を、寒兵衛は、団扇《うちわ》のように大きな手でつかんだ。

前戯も何もなく、猛《たけ》り立った肉の凶器で、いきなり抉《えぐ》った。

しかも、恥毛に縁取《ふちど》られたお葉の赤っぽい亀裂ではなく、菫《すみれ》色に窄《すぼ》まった背後の門の方にであった。

「〜〜〜〜っ！」

お葉は仰《の》けぞって、悲鳴をあげた。

それに構わず、寒兵衛は、力まかせに巨根で突きまくる。

松次郎は、狂気のように暴れるが、盗人縛りの縄が解けるわけもない。

やがて——消化器官の奥深くに、たっぷりと放つと、寒兵衛は、ずるりと生殖器を引き抜いた。

あまりの激痛に、ぐったりと魂が抜けたようになってしまったお葉の口に、血と聖液で汚れたそれを、ねじこむ。

「まだ、後始末が残っているぜ」

寒兵衛は、冷たく言う。

「ちゃんと浄《きよ》めるんだ。ちゃんとな」

お葉の丸髷《まるまげ》をつかむと、苦しがる女の喉の奥に、まだ硬度を保《たも》ったままのものを押しこんだ。

その時——裏庭に面した雨戸を、そっと叩く音がした。

盗人一味は、はっと身構える。

「——お頭」

外で見張りに立っている、巨漢の重十《しげじゅう》の声だ。

「大黒《だいこく》の兄貴が来ましたぜ」

「何っ、大黒が江戸からわざわざ……？」

寒兵衛は、お葉の口から男根を抜いて、川並の前を閉じる。

雨戸が、すっと開いて、鼠のように貧相な顔つきの男が、草鞋履きのまま入って来た。

男は、寒兵衛の前に片膝をついて、

「お頭。お久しゅうございます」

「江戸の宿を任せていたおめえが、なんで、こんな尾州《びしゅう》くんだりまで来たのだ」

男は、大黒の平八《へいはち》といって、寒兵衛一味の江戸での隠れ家の番をしている者だった。

只事《ただごと》ではないと察して、手下たちも女体から離れて身繕《みづくろ》いする。

「それが……まことに面目《めんぼく》もねえこって……実ァ、吉左《きちざ》さんが……」

「弟の吉左に何かあったのか」

平八は、がたがたと震えながら、

「す、鈴ケ森《すずがもり》で……磔《はりつけ》になりましたっ」

「何だとっ！」

大座敷の中が、しんと静まりかえった。

「申し訳ねえっ」

大黒の平八は、畳に額をすりつける。

「吉左さんは、例の悪い病《やまい》が出て、子供を拐《かどわ》かしちゃあ、玩具《おもちゃ》にしてたんだ。俺ァ、止めたんだが、どうにも聞いちゃくれなくて……それで、ついにお縄になって……牢屋敷から脱走させられねえかと散々、知恵を絞ったんですが、どうにもならなくかった。勘弁《かんべん》してくだせえ、お頭っ」

「………」

寒兵衛は、手槍をつかんだ。

その気配《けはい》に顔を上げた平八は、鈍く光る槍穂を目にして、蒼白《そうはく》になる。

が、次の瞬間、寒兵衛の槍は、お葉の左胸を貫いていた。

お葉が悲鳴を上げる間もなく絶命すると、抜き取った槍を、宗右衛門の喉首に突き立てる。

くぐもった呻きとともに、白髪の庄屋は死んだ。喉首から溢れ出た血が、胸元から下半身まで真っ赤に染める。

さらに、寒兵衛は、驚愕のあまり目を見開いている松次郎の顔面に、槍を繰《く》り出《だ》した。

「っ！」

右の眼球を潰し、脳髄を破壊した槍穂は、頭蓋骨を突き破って柱に突き刺さった。

「……平八っ」

振り向いた寒兵衛は、氷のように冷たい声で言った。三人の人間を惨殺しても、その激怒の炎は消えてはいない。

「てめえをぶち殺すのは、まだ、先の話だ。今、俺が一番にしなきゃならねえことは、吉左の仇討《あだう》ちだからなっ」

「へ、へい……」

「吉左を捕まえたのは、どこのどいつだ。そいつを、痛めつけて嬲《なぶ》り殺しにしなきゃあ、俺の肚《はら》は癒《い》えねえぞ」

「それが……」

「同心《どうしん》かっ、まさか与力《よりき》じゃあるめえっ」

「ただの岡《おか》っ引《ひき》の乾分《こぶん》なんです。名前はたしか……彦六《ひころく》とか」

2

「――湯島天神下徳兵衛《ゆしまてんじんしたとくべえ》が乾分《こぶん》、彦六《ひころく》」

同心の藤沢倉之進《ふじさわくらのしん》が、厳《おごそ》かに言った。その隣には、速水千四郎《はやみせんしろう》がいる。

八丁堀にある町奉行所同心の組屋敷《くみやしき》――その中の、千四郎の屋敷の座敷であった。

倉之進は、北町奉行所における千四郎の先輩なのだ。

徳川十一代将軍・家齊《いえなり》の治世――陰暦二月の初午《はつうま》の日の午後である。

「へいっ」

二人の同心の前で、羽織姿の彦六は、神妙に頭を下げた。

長身瘦軀《そうく》の彦六は、刷毛先《はけさき》をちょいと右へ曲げた、小粋《こいき》な蓮懸本多《はすかけほんだ》にしている。どこかの大店《おおだな》の若旦那と見えるような、細面《ほそおもて》の優男《やさおとこ》だ。

ただし、その瞳には、世間知らずの極楽とんぼには絶対にありえない、硬質の光が灯《とも》っている。

「本日より、北町奉行所常町廻り同心・速水千四郎の手先を申し付ける。この儀《ぎ》、異存《いぞん》はないか」

「有り難く、お受けいたします」と彦六。

「立会人《たちあいにん》たる徳兵衛に尋《たず》ねる。ただ今の彦六の言《げん》、しかと聞いたな」

「確かに聞きましてございます」

これも羽織姿の徳兵衛が、深々と頭を下げた。

消し炭を張りつけたような太い眉に、金壺眼《かなつぼまなこ》、乱杭歯《らんくいば》――彦六とは正反対の、迫力ある面構《つらがま》えの四十男だ。

湯島の徳兵衛――人呼んで〈鬼徳《おにとく》〉という岡っ引である。

「では、千四郎殿」

「はっ」

速水千四郎は、房《ふさ》なしの鉄十手《てつじって》と手札《てふだ》を乗せた三方《さんぼう》を、彦六の前へ押し出した。

彦六は、三方に敷いてあった白布で十手と手札を包むと、押し戴くようにして、懐へ納める。

「お預かりいたしました」

「よし」倉之進は頷いて、

「この藤沢倉之進が、全《すべ》てを見届けた。これにて、十手渡《じってわた》しは無事に終了したぞ」

「ははっ」

千四郎は倉之進に向かって叩頭《こうとう》し、彦六と徳兵衛は平伏する。

それから、千四郎と倉之進は、膝を崩して胡坐《あぐら》をかいた。彦六と徳兵衛も、ほっと肩を落とす。

下男が、料理の膳と酒を運んで来た。

「よう、彦六。しっかり頼むぜ」

くだけた口調で、千四郎は言った。

「身を粉《こ》にして、御用を勤めさせていただきます。速水の旦那」

「この前の外道鬼《げどうき》みてえな大物を、また捕まえてくれると、俺も、お奉行に鼻が高いんだがよ」

「おい、千四郎。馬鹿を言っちゃ困る」

倉之進は、大仰《おおぎょう》に顔をしかめて見せた。

「あんな凶悪な気触れ野郎が、ひょいひょい出て来られたら、たまったものじゃない」

「それもそうですな」

「第一だ。毎度毎度、股倉《またぐら》に火傷《やけど》をした科人《とがにん》ばかりを送り付けられては、牢屋奉行の石出帯刀《いしでたてわき》様が迷惑だぞ」

「あっ、なるほど――」

四人は、顔を見合わせて大笑した。

鬼徳の一の乾分として、数々の凶悪犯を見つけだしたのが、彦六であった。

自慢の巨根で、年増女の肉欲を満たしてやり、小遣いを稼いでいるところから、彼のことを〈ヒモ六〉と嘲《あざけ》る者もいる。

しかし――女ばかりを狙う凄腕の辻斬り……男女の双子であることを巧妙に利用した殺人……生娘《きむすめ》専門の昏睡強姦組織……一人二役の両性具有者による大店《おおだな》乗っ取り……奇っ怪な事件を、彦六は、独自の女体人脈を利用して解決したのだ。

だが、昨年末に捕縛した下手人ほどの悪党は、さすがの彦六も、今まで見たことも聞いたこともない。

人の道を外れた鬼――外道鬼という呼称がぴったりの男だった。

その男・吉左は、唐人《とうじん》飴売りの扮装で幼い少年少女を油断させ、当て落として誘拐すると、隠れ家の蔵で散々に凌辱し、絞殺した。

さらに、いったんは死骸を捨てて両親の許《もと》へ戻しながら、涙ながらに埋葬されたそれを、墓を暴いて盗み出した。

そして、腐敗が進行し始めた死骸を、再び、犯しまくったのである。

人間の心が一片でも残っていたら、こんな非道な真似ができるはずがない。

吉左は、彦六の知り合いである十歳の少女を拐《かどわ》かし、これを強姦する直前に、彦六に縄をかけられた。

江戸町奉行所の処刑方法としては、鋸《のこぎり》挽きか火《ひ》焙《あぶ》り以上のものはない。

が、たとえ、牛裂きの刑で生きたまま肉体を真っ二つに引き裂かれたところで、その時に吉左が受ける苦痛や恐怖は、何の罪もない被害者たちやその両親が味わった苦痛に比べれば、物の数ではない。

だから――彦六は、速水千四郎や徳兵衛たちが駆けつける前に、真っ赤に燃える炭で、吉左の股間を焼いてやったのだ。

屍体愛好症《ネクロフィリア》の凶悪犯が悶絶《もんぜつ》したことは、いうまでもない。

藤沢倉之進が言った「股倉の火傷」とは、この事であった。

鈴ケ森で磔になる日まで、吉左は排尿もままならず、牢の中で苦悶していたという。

異例の速さで刑が執行されたのも、吉左が尿毒症で死亡する怖《おそ》れがあったからだ。

が、それでも、町奉行所から彦六に対する咎《とが》めは一切、なかった……。

そして彦六は、これまでの手柄と外道鬼の一件で、一本立ちの岡っ引になることが認められた。

その儀式が〈十手渡し〉なのである。

岡っ引は、町奉行所の正規の奉公人ではない。あくまでも、同心が、私的に雇った手先《てさき》にすぎぬ。

奉行所は、それを黙認しているだけなのである。

その証明書が手札で、十手と一緒に新米《しんまい》の岡っ引に預けられる。

そのくせ、いざ犯罪捜査となると、町奉行や与力の命令が、そのまま岡っ引たちまで動かすのだから、実質的には〈役人〉である。

しかも、江戸の治安を維持するためには、岡っ引たちは必要不可欠の存在であった。必要な人員なのに、役所は直接雇うことはしないし、明文化された規定もない。仕事内容は公務員だが、その身分は民間人のまま。そして、何か問題が起こったら、役所は一切関知せずに、その個人が全面的に責任を負わされるのである。

「縄張りは、引退する嬬恋《つまごい》の利平《りへい》のを継ぐんだったな」

杯を干した倉之進が訊《き》いた。

「へい。嬬恋のとっつぁんは以前から、足腰が弱ってたんで、良い若い衆がいたら縄張りを譲りたい——と思ってたんだそうです。嬬恋町なら、あたしのいる湯島の目と鼻の先ですから、もう、渡りに船ってところで」

「下手人がわからなくって親分に泣きつくのに、ちょうどいい距離ですから」

彦六が控えめにそう言うと、鬼徳は、怒ったように眉を上下させた。

「馬鹿野郎！　めでたい独《ひと》り立《だ》ちの初日に、情けねえことを言うなっ」

「すいません」彦六は頭を掻いた。

「いいか。お前は、もう、俺ん家《ち》の居《い》候《そうろう》様じゃねえんだぞ。しゃきっとして、早く一番手柄を立てやがれ。そうだ、手柄を立てなきゃ、俺ん家の敷居《しきい》は、二度と跨《また》がせねえっ」

「へい、わかりました」

「ほほう、彦六親分の一番手柄か」

千四郎は、にやにや笑いながら、

「俺は、一月以内に手柄を立てる方に、一朱《しゅ》賭けるぞ」

「そうか。ならば、俺は半月以内に一朱だ」

藤沢倉之進が言った。

「お言葉ですが、旦那方《がた》」と徳兵衛。

「この彦六は、あたしが一《いち》から十手稼業を仕込んだ奴です。そんじょそこらの駆出しとは、出来が違いますぜ。一月？　半月？　冗談じゃねえ。こいつは、五日以内に、一番手柄を立てて見せまさあ！」

「五日とは、大きく出たな」

半《なか》ば呆《あき》れたような顔の、速水千四郎だ。

「親分……」

彦六は、そっと鬼徳の羽織の袖を引き、

「一月だろうが五日だろうが、まずは、縄張り内で事件が起きなきゃ、どうしようもありませんぜ」

「……ん？　そう言えばそうだな」

一同は再び、大笑した。

3

湯島天神の南の方に、嬬恋《つまごい》大明神がある。

祭神は、倉稲魂神《うがのみたまがみ》・日本武尊《やまとたけるのみこと》・弟橘媛命《おとたちばなひめのみこと》の三体だ。

『日本書紀』によれば——東方征伐の途中で弟橘媛命を失った日本武尊が、その帰路、上野国碓日嶺《かみつけのくにうすいのみね》に登り、かつて行宮《かりみや》とした台地の方を見て、吾妻者耶《あがつまはや》と嘆いたという。この故事から、武尊と媛を合祀《ごうし》した社が建てられ、〈嬬恋明神〉と号せられたのである。

そして、万治《まんじ》三年の火事によって、嬬恋坂の上へと移転した。さらに、いつの頃からか、稲荷明神と合祭《がっさい》され、〈嬬恋稲荷〉という俗称の方が一般的になったのである。

一本立ちの岡っ引となった彦六は、数日前に、徳兵衛の家の二階から、その嬬恋坂の下にある借家に、引っ越していた。小さい家だが、三間と台所、それに内風呂がついているのだから、独り者には贅沢すぎるほどだ。

夕刻――速水千四郎の屋敷を出た彦六が、この家へ戻ると、

「お帰んなさいっ」

紅襷《べにだすき》に姐《あね》さん被《かぶ》りという姿の娘が、奥から飛び出して来た。

「何だ、お光坊《みつぼう》。いたのか」

お光は、徳兵衛の女房が経営している居酒屋〈若狭《わかさ》〉の女中である。

黒目がちで、清らかな面立ちをしていた。雪白の肌には、年頃の娘らしい若さが漲《みなぎ》っている。

彦六は、この娘を実の妹のように可愛がっていた。

「また、お光坊なんて言って……あたしは、もう十五なんですからね。お光さんって呼んでちょうだい」

お光は、ぷっと頬が膨らませて見せた。

江戸時代――庶民の娘は、十代半ばで嫁にいった。

原則として、〈娘〉と呼ばれるのは、十三歳から十八歳まで。十二歳以下が少女で、

十九歳以上は〈女〉、二十歳を過ぎると〈年増〉と呼ばれてしまう。二十五で〈中年増〉、二十代後半で気の毒にも〈大年増〉と呼ばれてしまう。

が、それも無理はない。百歳まで生きる長寿者も稀《まれ》には存在したが、庶民の平均寿命は、一説には三十代半ばであったという。

栄養状態が悪くて、医学が未発達だったから、乳幼児の死亡率が異常に高い。そのため、女性はなるべく早く結婚して、なるべく沢山の子供を産むことが求められたのである。

幕府公認の売春地帯である吉原の遊女は、十三、四から客をとったし、武家も町人も男子の成人式である〈元服《げんぷく》〉は、十五歳前後で行なわれた。

また、庶民の男児は十歳くらいで、奉公人《ほうこうにん》――商店の見習い従業員になったし、十歳以下の児童が家計の足しにするために、子守や蜆《しじみ》売りをするのは当たり前のことであった。

それゆえ、現代人が、この時代に生きる人々の心情や行動を理解するためには、彼らの実年齢に五歳から十歳ほど上乗せしなければなるまい……。

「こいつは悪かった。引っ越しの時も加勢してくれたのに、また、掃除に来てくれたのかい。すまねえな」

「どういたしまして。女将《おかみ》さんには、ちゃんとお許しを得てきたから、気にしなくていいのよ。それより――」

十五娘は、襷を外《はず》し、手拭いを取ると、玄関の板の間に座り直した。

「彦六さん…いえ、彦六親分。十手拝領、おめでとうございます」

改まった表情で、そう言うと、頭を下げる。

「ありがとうよ。俺ァ、親分や女将さん、それにお光ちゃんのおかげだと、思ってる」

「そんな……晩御飯の支度《したく》、できてますけど」

お光の白い頬が、紅を刷いたように、うっすらと染《そ》まった。

「じゃあ、いただこうか」

鉄十手と手札を神棚に備えた彦六は、お光と一緒に夕食をとる。

猫の額ほどの狭い庭を眺めながら、食後の茶を飲んでいると、どこからか梅の香りが漂ってきた。

それに、陽気な太鼓の音も聞こえて来る。

「初午の太鼓か……嬬恋稲荷も賑わってるようだな」

陰暦二月の最初の午の日を、〈初午《はつうま》〉という。この日は、江戸中の稲荷社で、子供を主役にしたお祭りが行なわれるのだ。

江戸では、一つの町に三つから五つも稲荷の社があり、さらに武家屋敷や大名屋敷には必ず、屋敷神として稲荷が祀《まつ》られていた。

吉原遊廓の中にも、九郎助《くろすけ》稲荷というのがある。

だから、江戸中の稲荷の総数は、大小合わせて、軽く千をこえるであろう。

その全ての稲荷社に、染幟《そめのぼり》が立てられ大行灯《あんどん》が吊され、仮店《かりみせ》が立ち並び、子供たちが太鼓を打ち鳴らして踊り遊ぶのだから、江戸中が煮えくりかえるような様子であった。

特に、関八州の稲荷の総司《そうつかさ》といわれる王子稲荷や烏森稲荷、日比谷稲荷、それから嬬恋稲荷に人気が集まっていた。

「まるで、江戸中の人が、彦さんのお祝いをしてくれてるみたいね」

「なるほど。そう思うと、悪い気はしねえな」

彦六は、ごろりと横になって手枕をしようとした。すると、何も言わずに、お光が膝を出してくる。

「おう……髪油で汚れちまうぜ」

「いいの。だって、彦さんの髪油だもん」

呟《つぶや》くように言ったお光の顔には、羞《は》じらいと同時に、何か強い決意の色があった。

「そうか」

彦六は、十五娘の揃えた膝の上に、頭を乗せた。若々しい乙女の肌の匂いが、彼の鼻孔をくすぐる。

急に、この家に二人だけでいるという事実が、強く意識されてしまった。

（心のきれいな、いい娘だよな……）

時には憎まれ口をきいたり口喧嘩したりもするが、このお光が自分に惚れていることを、彦六は知っていた。

お光と所帯《しょたい》を持ちたいと言えば、徳兵衛は喜んで仲人になってくれるだろう。

だが――。

（俺はお幸《ゆき》を見つけるまで、身を固めるつもりはねえ）

お幸とは、六歳下の妹である。

彦六が十一の時、酔いどれの父親が浮気した母親を刺し殺し、自分も首を括《くく》って死んだ。

彦六とお幸は、別々の家に引き取られた。

その後、養親の一家が夜逃げしたため、お幸も行方知れずになってしまった。

彦六は、淫乱な養母のお島《しま》によって女体の味を教えられ、幼くしてＳＥＸの達人に仕立て上げられた。そして、十六歳で家出した彦六は、女蕩《おんなたら》しのごろつきとなり、無頼の生活を送っていた。

何しろ、両親の事件が心に深い傷を残している上に、異常なほどに成長した剛根をぶちこんでやれば、どんなお上品な女でも悦《よ》がり哭《な》きするのだから、若い彦六が女性不信に陥《おちい》ったとしても、無理はない。

それが、ある事件が切《き》っ掛《か》けで、徳兵衛親分に拾われ、彦六は更正した。

そして、懸命に捕物修業をして、この度《たび》、ついに独立したのである。

だが、彼が岡っ引の乾分になった最大の理由は――生き別れになった実妹のお幸を、捜すためであった。そして、お光の容貌は、どこか、お幸に似ている。

(この娘だけは、清《きよ》いままでいて欲しい……)

身勝手だとわかってはいても、そう願わざるをえない彦六であった。

「……」

溜息をついたお光が、無言で、すっと立ち上がった。

「どうした」

彦六が上体を起こすと、十五娘はくるっと後ろ向きになる。

「彦さんの馬鹿、彦さんなんて、もう知らないっ」

早口でそう言うと、彦六が止める間もなく、お光は、下駄《げた》を履《は》いて出て行ってしまう。

「やれやれ……」

彦六は、ゆっくりと立ち上がった。

角のところで、お光は泣いているに違いない。慰めて、若狭まで送り届けるために、彦六は草履《ぞうり》をつっ掛けた。

4

「た、大変だ！　彦六親分っ」

突然、けたたましい喚《わめ》き声が、彦六の眠りを破った。

「殺しだっ、人殺しですよ、親分！」

立て付けの悪い玄関の戸を、がたがたと揺すりながら、そいつは甲高《かんだか》い声で、喚《わめ》き続ける。

「む……右端を蹴っ飛ばすんだよっ」

躯《からだ》を起こしながら、彦六は、面倒くさそうに叫んだ。

同時に、こめかみに五寸釘を打ちこまれたような痛みが走り、思わず呻いてしまう。

昨日は、拗《す》ねたお光を宥《なだ》めすかして若狭へ送り届け、そこでまた、親分の徳兵衛や近所の連中の祝い酒を飲まされて、深夜、ようやく家へ戻って来たのである。

下戸《げこ》ではなく、一応、人並には飲める彦六ではあったが、昨夜は、とにかく量が多かった。夜具を敷く余裕もなく、そのまま座敷に転がり、寝込んでしまった。

そして、目覚めてみたら、立派な二日酔いになっていたのである。まるで、口の中に襤褸雑巾《ぼろぞうきん》を詰めこまれたような気分だ。

渋る眼を再び開くと、まだ、夜が明けたばかりらしい。二刻《ふたとき》——四時間ほどしか寝ていないようだ。

「くそ……こいつァ堪《たま》らねえ」

胡坐《あぐら》をかいた彦六は、両方のこめかみを指先で揉みほぐしながら、呟いた。

その間に、言われた通りに戸の右端を蹴って、するりと開いた奴が、ごとんと上《あ》がり框《かまち》に何かを置いた。そして、勝手に座敷へ上がりこんで来る。

十代半ばの、まだ、前髪を残した小柄な少年であった。着物の裾を臀端折《しりはしょ》りにして、黒の川並《かわなみ》を穿《は》いている。

「どうかしたんですか、親分」

「水……台所から水を汲んできてくれ」

「へいっ」

少年は台所へ走り、すぐに、茶碗ではなく丼に水をいっぱいにして、戻って来た。

「お、すまねえ」

その水を美味《うま》そうに飲み干して、ようやく人心地がついた彦六が、ふと、気づいて、

「誰だ、おめえは」

「へい。おいらは、春…春吉《はるきち》といいます」

少年は膝を揃えて、正座した。華奢《きゃしゃ》な体型だが、肌は浅黒く、気の強そうな顔立ちをしている。

鼻も口もちんまりとしていて、顎も小さい。切れ長の目は、澄んでいた。

「名前を訊《き》いたんじゃねえ。何処《どこ》の何様《なにさま》かと訊いたんだよ」

「へい。稼業は蜆《しじみ》売りの棒手振《ぼてふ》りでさあ。もうちょっと暖かくなったら、蛤《はまぐり》や田螺《たにし》を売ります。それだけじゃ喰えないから、昼間は豆腐なんぞを売り廻ってますよ。住《すま》居《い》は、金沢町の源六長屋《げんろくながや》。大家の野郎の因業《いんごう》なことと言ったら、お話になりませんや。何しろ、屋根に穴が開いてるから、雨の日には水浴びができるし、寝たまま月見もできる……」

春吉は、油紙に火がついたように、ぺらぺらと喋《しゃべ》りまくった。

「その蜆売りの春吉兄さんが、なんで、俺の家に上がりこんでるんだ」

「いやだなあ、親分。玄関の戸の右端を蹴ったら開くと、親分が教えてくれたんじゃありませんか」

「掛《か》け合《あ》い漫才《まんざい》をやってるんじゃねえ！………あ、痛てて」

立ち上がった拍子に、またも、こめかみに稲妻が走った。

「いけませんね、親分。二日酔いですか。茶漬けか何か、作りましょうかね」

「むむ……おめえ、さっき、人殺しがどうとか言ってなかったか」

二日酔いの寝不足状態でも、彦六は、御用に関係したことは聞き逃さない。

「それなんですっ」

春吉は、細い膝頭を、ぴしゃりと勢いよく叩いて、

「嬬恋稲荷の境内で、若い娘が死んでるんですよ、彦六親分」

「何だと！　それを早く言えっ」

彦六は、眠気が吹っ飛んでしまった。

5

嬬恋稲荷の鳥居の両側には、まだ、〈正一位稲荷大明神〉という染幟が立てたままになっていた。

境内の梅の木には、紅白の梅が咲き誇っている。だが、そこら中に、ごみが落ちたままになっていた。深夜まで祭りが続いていたので、下男たちはまだ、寝ているのだろう。

赤い鳥居を入って左手に社殿があり、ここに倉稲魂神が祀られている。

さらに、鳥居から見て正面の奥に、小さな鳥居と社殿が二つ並んでいた。ここに、日本武尊と弟橘媛命が祀られているのだ。

蜆売りの春吉のいう死骸は、第三の社殿の裏手にあった。

「お前、よく、こんな場所に転がってるホトケに気がついたな」

「へい。おいらは、いつも蜆売りの途中に、嬬恋稲荷様にお参りすることにしてるんです。今朝も同じようにお参りしてたら、お社の蔭《かげ》に女の足が見えたんで、近寄ってみたら……それで、あわてて、彦六親分の所へお知らせに走ったんでさあ」

長身の彦六を見上げるようにして、春吉は、得意そうに言った。小柄だから、背の高さは彦六の胸元までしかない。

「ふむ……得物《えもの》は匕首《あいくち》かな」

被害者の脇にしゃがみこんで、彦六は、じっくりと観察した。

もちろん――神社仏閣の境内で起こった事件は、寺社奉行《じしゃぶぎょう》の管轄である。しかし、寺社同心はほとんど捜査能力がないから、実際には、町奉行所が捜査を代行していた。だから、今度の場合も、彦六が現場を保存して、係の旦那である速水千四郎に報告すれば、すぐに捜査が許されるはずだ……。

死骸は十代後半の娘で、身形《みなり》からして大店《おおだな》の娘のようであった。

右脇腹を下にして、横向きに倒れている。

裾は、さほど乱れていないから、強姦目的ではあるまい。

娘は、信じられないというように、かっと両眼を見開き、口を半開きにしたまま、事切《こと》れていた。生きている時には、かなりの美貌であったと思われる。

その左胸の下に、刃物を寝かせて突いた跡があり、血に染《そ》まっていた。無論、死骸の周囲には血溜《ちだま》りができている。

彦六は、赤黒く粘る血に指先で触れると、別の指先で、娘の頬を押して見た。

「血の固まり具合や肌の感触からして……死んでから、まだ一刻《いっとき》くらいだろう」

「すげえ。さすが、おいらの彦六親分だ」

後ろから覗きこんでいた春吉が、感心したように、首を振った。蜆を入れた盥《たらい》などは、彦六の家に置き放しになっている。

「おいらの彦六親分…？　少し黙ってろいっ」

頭痛を無視して、彦六は、死骸の頭の方へまわりこんだ。

投げ出された右手のそばの地面に、くっきりと字が書いてある。〈は〉と読めた。

そして、娘の人差し指の先が土で汚れている。

彦六は、険《けわ》しい表情で、じっと娘の右手と字を見つめたまま、何も言わない。

「こ、このホトケが死《し》に際《ぎわ》に書いたんですかねっ？」

勢いこんで、春吉が言った。

「――さてね。そうかも知れねえし、そうじゃねえかも知れねえ」

「きっと、何か重要なことを伝えたかったんですよ。たとえば、下手人の名前とか」

「ふん……春吉、この娘を知ってるか」

「どこかで見たような……たぶん、湯島界隈に住んでる人だと思いますが」

蜆売りの少年は、目を伏せた。

「この社《やしろ》の者なら、知ってるかも知れねえ。お前、ご苦労だが、社務所《しゃむしょ》の奴を呼んで来てくれ」

「へいっ、合点《がってん》です！」

春吉は、飛ぶような足取りで、社務所の方へ走って行った。彦六は、その後ろ姿を眺めながら、訝《いぶか》しげに、

「どういうつもりかな、あの小僧………」

6

嬬恋稲荷の関係者は被害者に見覚えがなかったが、早朝にもかかわらず集まってきた野次馬の中に、見知っていた者がいた。

神田仲町の扇店〈伊藤屋《いとうや》〉の一人娘、お菊《きく》だという。

早速、伊藤屋に使いを飛ばす一方で、彦六は、神主に頼んで、境内を立入禁止にさせた。

それから、春吉を徳兵衛の家へ走らせ、さらに近くの自身番《じしんばん》の者に、八丁堀の速水千四郎へ手紙を届けさせる。

春吉は、すぐに戻って来て、「お前の初めての事件だから、思うままにやってみろ」という鬼徳の口上《こうじょう》を伝えた。これは、彦六が予想していたの通りの答であった。

初仕事で、しかも徳兵衛の近場《ちかば》で起こった事件だから、彦六は筋を通したのである。

「親分、次は何をしましょう」

頬を真っ赤に染《そ》めて息を切らしながら、春吉少年は、すっかり彦六の乾分気取《きど》りで、そう訊いた。

「そうだな。だったら、鳥居の所で野次馬が入りこまねえように、見張っていてくれ。勿論、お役人や伊藤屋の者は通してもいいが」

「へいっ」

嬉しそうに返事をして、春吉は、鳥居の方を走ってゆく。彦六は、その細腰《ほそごし》を、じっと見つめた。

しばらくして、伊藤屋の主人と番頭が駆けつけて来た。頑固そうな顔立ちの伊藤屋万次郎《まんじろう》は、死骸を一目見るなり、「お菊……っ」と叫んで、しがみつきそうになった。

それを、「検屍《けんし》が済むまで触っちゃならねえ！」と彦六と春吉が必死で止める。番頭の伝之助《でんのすけ》も、「お嬢さんに間違いありません」と認めた。

お菊は十七歳。伊藤屋の跡取り娘で、入り婿も決まっていた。難波《なんば》町の同業者〈峰屋〉の次男坊の半造《はんぞう》だ。

峰屋の方は、総領息子の文造《ぶんぞう》が継ぐので、問題はない。お菊と半造は、この秋に祝言《しゅうげん》を挙《あ》げる予定であった。

お菊は、昨日の午後、女中のお勝《かつ》と嬬恋稲荷に参拝し、夕方には帰って来たという。そして、夕食をとって風呂に入ると、早めに寝てしまった。

初午とあって、奉公人たちは、交替で外出を許され、夜遅くまで人の出入りが絶えなかった。そして、明け方近くに、小用《こよう》に起きたお勝が寝間を覗いて、お菊の夜具が空《から》っぽなのに気づいたのである。

着物や履物《はきもの》がなくなっていたので、誘拐や神隠しの可能性は消えたが、なぜ、深夜にお菊が家を抜け出したのか、その理由がわからない。

普通に考えれば、男との逢《あ》いびきだが、許婚の半造と深夜に密会する理由はあるまい。

それに、万次郎夫婦と番頭たちが輪になって、厳しく問いただしたが、お菊に秘密の恋人などいなかった——とお勝は断言した。

とにかく、夜が明けて営業開始の時刻になったら、峰屋へ番頭の伝之助が行って、それとなく様子《ようす》を窺《うかが》うことにした。事情がわかるまでは、峰屋にもお菊の失踪の件は隠しておかないと、婚礼《こんれい》に差《さ》し支《つか》えるからだ。

ところが、その前に、嬬恋稲荷でお菊らしい変死体が発見された――という落雷のような報《しら》せが届いたのである。

伊藤屋万次郎は、「きっちりと躾《しつけ》をして、悪い虫がつかないようにと、固く育てた娘でございます。痴情《ちじょう》沙汰《ざた》や恨みで殺されるようなことは、絶対にありません。運《げ》悪く、何かの事件に、巻き込まれたのではないでしょうか。どうか、一刻《いっこく》も早く、下手人《しゅにん》をお縄《なわ》にしてくださいましっ」と言うばかりだった。番頭の伝之助も、主人の話を肯定する。

そして――寺社方《じしゃがた》の役人と一緒に、速水千四郎が現場へやって来たのは、昼近くのことであった。

父親の万次郎は固く育てたと言ったが、残念ながら、お菊は処女ではなかった。女陰を調べると、数は多くないにしても、男性経験のあることは明白だった。ただし、殺害時の前後に、性交をした痕跡は残っていない。

殺しに使用された凶器は、やはり、匕首《あいくち》と推定された。死亡推定時刻も、彦六の見立てと同じであった。

抵抗の跡がほとんどないので、下手人は顔見知りの可能性が高い。もっとも、顔も知らない相手と、夜明け前の境内で密会するはずもないが……。

昼飯をはさんで、寺社同心と千四郎の間に形式的なやり取りがあり、それでようやく、彦六が正式に事件を担当することになった。

お雪の亡骸《なきがら》を、伊藤屋へ運ぶ許可もおりた。

千四郎は彦六を呼び、小声で、

「地面に残された〈は〉の字だが……お菊の許婚《いいなずけ》の名は〈半造〉だったな。こいつが、当《あ》たり籤《くじ》じゃねえか」

「旦那に聞いてからと思っておりやした。早速、峰屋へ行って見ます」

「ふん。俺に花を持たせようなんて、十年早いぜ」

口ではそう言いながらも、千四郎は上機嫌で引き上げて行った。

「おい、春吉。俺の臀《しり》にくっついて歩く気はあるか。今日の稼ぎを、ふいにすることになるが――」

「おいらの稼ぎなんて、蚯蚓《みみず》の涙さ。お願いします、親分！　一緒に連れて行ってくんなさいっ」

春吉は、主人を見つけた忠犬のように、濁りのない瞳を輝かせた。

7

「なに？　夕べから帰っていねえだと！　何処《どこ》へ行ったかも、わからねえのかっ」

彦六が峰屋に乗りこんだ時、店の中は、騒然としていた。

次男の許嫁《いいなずけ》が殺されたという報せが入り、しかも、当の半造は、昨日の夕方に店を出たきり、帰って来ないのである。この二つの事実を結びつけて、最悪の事態を想像してしまうのが、人情というものであろう。

「親分。やっぱり、あの〈は〉の死文字《しもじ》は、下手人の名前……」

「お前は黙ってろっ」

耳元に囁《ささや》きかけた少年を、彦六は、叱り飛ばした。春吉は小さくなってしまう。

奥の座敷で、主人夫婦――留造《とめぞう》とお松《まつ》、それに長男の文造《ぶんぞう》を並べて、彦六は、半造とお菊の仲を詰問《きつもん》した。

夫婦とも、あまりの重大事に、瘧のように震えている。文造も、端正《たんせい》な顔を蒼白《そうはく》にしていた。

「仲と言われましても……今秋には、夫婦になる二人でございますから」

「仲睦《なかむつ》まじかったというのか」

「そりゃあ、芝居や人情本のように、惚れて惚れ合って添《そ》い遂《と》げる——というわけじゃありません。縁談がまとまっての許嫁《いいなずけ》ですから、多少のよそよそしさはございます」

留造は、躊躇《ためら》いがちに言った。

「しかし、半造がお菊さんを刺し殺すほど、恨んだり憎んだりする理由はございませんよ」

「だったら、なぜ、半造は帰って来ないんだ」

「それは……」

留造は返答に詰まる。

「彦六親分、こうは考えられませんかね」

跡取り息子の文造が、口を開いた。

「弟には、私らの知らない女がいた。その女が、悋気《りんき》に目が眩《くら》んで、お菊さんを刺した——というのは」

「面白い筋立《すじだ》てだな」

彦六は嗤《わら》う。

「いけませんか」

文造は気色《けしき》ばんだ。

「いけなくはねえが、どうして、お菊さんは、その女に呼び出されて、のこのこ出かけて行ったのかね」

「それは……たとえば、半造の手跡《て》に似せて文《ふみ》を書き、それで呼び出すとか……」

「だが、夜明け前に人けのない境内へ出かけるかな。それも、店の者にも内緒で」

「……」

文造は黙りこんでしまう。その片頬が、ひくひくと引きつっていた。

その時、店の方から番頭がやって来た。

「旦那様っ……お、親分。半造さんが、夕べから、深川の自身番に留め置かれているそうですっ」

「何だとっ」

さすがの彦六も、驚いた。

昨夜、子《ね》の中刻《ちゅうこく》――午前一時ごろ。深川の料理茶屋の二階で、賭場《どば》が開かれていた。そこへ、入船町《いりふね》の倉蔵《くらぞう》という岡っ引が手入れを行い、胴元や客たち十数名を一網打尽にしたのである。

捕まえた奴らの身元調べをして、余罪のなさそうな者は、家族に引き取りに来させた。ところが、最後に一人だけ、どうしても素性を明かさない男がいた。

頭にきた倉蔵が、平手打ちを喰《く》らわせると、男はようやく、吐いた。難波町の峰屋の倅《せがれ》で半造です――と。

報せに来た自身番の親爺《おやじ》に詳しく話を聞いてから、彦六は、酒代《さかて》を握らせる。

「こいつはどうも……」

何度も頭を下げながら、親爺は帰って行った。

「親分。半造が、子の中刻に深川で取《と》っ捕《つか》まていたとなると……お菊を殺せるわけがありませんね。すると、誰がお菊を……」

春吉の問いかけを無視して、彦六は、複雑な表情になっている留造夫婦を見た。

「旦那、ちょっとお尋《たず》ねしますがね」

「は、はい……なんでございましょう」

「昨日の午後、文造さんは店にいましたか」

跡取り息子の肩が、ぴくりと動いた。

「文造でございますか。ええと……お得意様廻りをするからと、昼から出かけましたが……それが何か？」

「おい、文造」と彦六。

「お菊を刺した匕首は、どこへ隠したっ」

突然、訳《わけ》のわからぬ悲鳴をあげて、文造は裏庭へ飛び出そうとした。が、それを予測していた彦六が、文造の脛《すね》を払う。

不様《ぶざま》に、顔面から畳に倒れこんだ文造の背中に、何がなんだかわからないまま、春吉が飛び乗った。

(やれやれ……これで、徳兵衛親分を賭けに勝たせることができたな)

彦六は、懐から捕縄を取り出す。

8

父親の万次郎が、悪い虫がつかないように厳しく躾したというお菊は、実は、峰屋の総領息子の文造と関係していたのである。

世間知らずの十七娘は、峰屋に何度か遊びに行っている内に、風采《ふうさい》が上がらず博奕《ばくち》好きの半造よりも、二枚目の文造に惚れてしまったのだ。

文造の方も、仲町《なかちょう》小町《こまち》とまでいわれたお菊に好意を寄せられると、悪い気はしない。

弟は博奕好きだが、この兄の方は、素人娘が大好きなのである。

大胆にも、寮の庭を案内している最中に、文造は、お菊の唇を奪った。寮の中には半造がいたのに、だ。

男に免疫のないお菊は逆上《のぼ》せあがり、ついに、文造に生娘《きむすめ》の純潔を捧げてしまった。

そして、お菊は、半造と逢うという名目で外出して、船宿や出合茶屋で度々《たびたび》、文造と逢いびきしていたのだ。

文造の入れ知恵で、お菊はお勝に、「あたしは半造さんと話があるから、お前は甘いものでも食べてゆっくりしておいで」と小遣《こづか》いを渡していた。

お勝は、それを疑うこともなく、半造の顔も見ないまま、茶屋の前で追い払われたのである。

こうした関係が四ヵ月ほど続いて、お菊は、妊娠してしまったのだ。そうなると、文造は、あわてた。

お菊の方は、半造との約束を解消して、正式に文造と夫婦になりたいと迫った。伊藤屋万次郎は、名代《なだい》の頑固者で通っている。しかも、有力者だ。許婚の実兄が、跡取り娘を弄《もてあそ》んで妊《はら》ませたと知ったら、峰屋は即座に潰されてしまうだろう。

ついに文造は、お菊の殺害を決心した。

まず、初午の嬬恋稲荷にお菊を呼び出して、お勝に気づかれないように、すれ違いざま、その袂《たもと》に文《ふみ》を入れた。

文の内容は、伊藤屋万次郎に二人の仲を認めてもらうために、非常手段として、駆《か》け落《お》ちの真似事《まねごと》をしよう、ついては、丑《うし》の上刻《じょうこく》に嬬恋稲荷の境内に来てくれ――というものであった。

お菊は来た。芝居のヒロインになったつもりで、胸をときめかせながら、やって来た。

その十七娘の胸に、文造は、匕首を突き立てたのである。

そして、例の文を抜き取ると、匕首を堀に投げ捨て、峰屋に逃げ帰ったのだった……。

「――お菊が、もう少し男の気持ちに詳しかったら、殺されるような泥沼に入りこまなかったかも知れねえ」

その夜――嬬恋坂下の家で酒を飲みながら、胡坐《あぐら》をかいた彦六は言う。春吉も杯をもらって、頬っぺたを真っ赤にしていた。

「伊藤屋は、娘を可愛がるあまり、大事に育てすぎたんだ。世間の風にあてず育てた箱入り娘ほど、つまらねえ男に引っかかるものさ。

もっとも、俺のように育ちの悪いのも、考えものだがな」

「でも、親分」と春吉。

「どうして、お菊に隠《かく》し情人《いろ》がいるとわかったんですか」

「許婚のいる娘が、初午に女中と一緒に参詣するってのは、妙だろう。半造と一緒に行くのが、普通じゃねえか。つまり、半造を嫌っているか、他に男がいるか――どっちかだと思ったのさ」

「凄いや。やっぱり、彦六親分は日本一の御用聞きだっ」

「日本一は大げさだぜ」

「ねえ、親分。おいらを乾分にしてくれるんでしょう？　ねえったら」

春吉は、彦六の膝に手を置いて、駄々《だだ》っ子《こ》みたいに揺する。

「押しかけ乾分っては、珍しいな」

彦六は、少年の細い手首を握った。

「押しかけ女房なら、聞いたことがあるが。お前、どっちが望みだ？」

「お、親分……」

春吉は震え出した。その腕を引いて、彦六は、少年の軀《からだ》を膝の上に乗せてしまう。

いや――少年ではなかった。胸に巻いた晒《さら》し布《ぬの》の下には、小さな膨《ふく》らみが二つ、あったのである。

「お前が女だってことは、すぐにわかった。男と女じゃ、肌の匂いが違うからな。それに、伊藤屋を二人で押《お》し止《とど》めた時に、お前の胸に触れたから、確信が持てたよ」

桜貝のような〈春吉〉の耳に、彦六は、囁きかけた。

「お前の本当の名前は」

「春……です」

彦六の腕の中で、お春は、震えながら言った。年齢は、十八だという。

金沢町の源六長屋で一人暮らし、棒手振りで生計を立てているというのも、本当だった。

男の格好をしているのは、いやらしい男除《おとこよ》けのためだという。もっとも、少年好きの男に追いまわされることも、あったそうだが。

「何が目的で、俺に近づいた」

晒しの上から、発達途中の乳房を愛撫しながら、彦六は問う。間違いなく生娘《きむすめ》の躯《からだ》だ。

「あ……彦六親分に一目惚《ひとめぼ》れしたんです。だから、どうしても、おそばにいたくて……ん……」

「そばにいて、こうして欲しいのか」

彦六は、川並の股間を指でまさぐった。

「ひっ……」

それだけで、敏感な処女の肉体は、反《そ》りかえってしまう。

女の部分が、じっとりと濡れているのが、川並の上からもわかった。

彦六は、手早く、お春を裸に剥いた。

男としたら華奢《きゃしゃ》だが、女のわりには筋肉が発達して、引き締まった肉体である。

胸乳《むなぢ》は、やはり小さい。女神《ヴィーナス》の丘は、陶器《とうき》のようにつるりとして無毛であった。

苛酷《かこく》な労働で鍛えた浅黒い躯《からだ》だが、肌はなめらかである。すらりと伸びた脚《あし》は、羚羊《かもしか》のそれのようだ。

「親分……おいら、怖《こわ》いよ……」

彦六は、羞《は》じらうお春の下肢《かし》を、大きく広げた。赤みをおびた亀裂に唇を近づけ、巧みに刺激する。花弁は薄い。

すでに潤っていた花園は、さらに秘蜜をあふれさせた。彦六は、自分も全裸になる。

そして、軀《からだ》をずり上げると、獰猛なほど巨大な男根の先端を、濡れそぼった花園にあてがった。

太く、長く、硬い。普通の男性のそれの、二倍以上もある。しかも、左右に笠が開いた逸物であった。

黒光りにして、逞しく脈打っている。

お春が逃げる間を与えずに、一気に貫く。

「…………っ!!」

十八娘は、背中を弓なりに反《そ》らせた。

「安心しろ。もう、全部入ったぜ」

痛いほどの強い収縮を、巨根に感じながら、彦六は言った。

「おいら……親分のものになったんですね。彦六親分に、女にしてもらったんですね。

……嬉しい」

疼痛《とうつう》に耐えながら、お春は、双眸《そうぼう》に至福の涙をにじませた。

「春吉――いや、お春。他人じゃなくなったんだから、正直に答えろよ」

「な…何でも訊《き》いて、親分」

「あの〈は〉の字は、お前が書いたんだろう」

きゅっ、と男装娘の女陰が締まった。

「どうして、わかったんですか」

「死に際に書いたにしちゃあ、字がきれいすぎたぜ。それに、お菊の右手に、薄く痣《あざ》のようなものが残っていた。お前が、お菊の手をつかんだ時の、痕《あと》さ」

「ごめんなさい。おいら、お菊さんのことを知ってたんです。だから、てっきり、下手人は半造だと思って。それを指摘したら、親分に認められるんじゃないかと思って……でも、無駄だったんですね。下手人は、文造だったんだから……」

「そうでもねえぞ。やっぱり、下手人の名だったんだ。〈は〉なら、お春、お前の名前の一字だ」

「あっ、そうか」

「お前は知らないうちに、自分の悪戯《いたずら》だと白状していたのさ」

微笑を浮かべた彦六は、ゆっくりと律動を開始した。

ちゅぷっ、にゅぷっ、ちゅぷっ……と濡れた粘膜のこすれ合う、卑猥《ひわい》な音がした。

「ううぅ……ひ、彦六親分……おいらにお仕置《しおき》してください。悪いお春に、お仕置を

「……」

「よし。突き殺してやるぜっ」

「嬉しいよォ……あぐっ……んぁ……」

弾力のある男装娘の美肉を、彦六は、じっくりと責めてゆく。

とんだ乾分志願だが、ヒモ六と呼ばれる自分には、似合いの乾分かも知れない。

文造よりも、俺の方が、〈生娘殺《きむすめごろ》し〉かも知れねえな——彦六は、胸の中で苦笑した。

その頃——凶暴な盗賊団が、夜の碓氷峠《うすいとうげ》の獣道《けものみち》を通って、江戸に迫りつつあった。

外道鬼・吉左の兄である業人の寒兵衛の冷酷な復讐計画を、彦六は、まだ知らない。

手柄ノ二　業《ごう》人《にん》三《さん》魔《ま》衆《しゅう》

1

「――親分。ねえ、親分たらァ」

誰かが、眠っている彦六《ひころく》の肩を、遠慮がちに揺すっている。

徳川十一代将軍・家齊《いえなり》の治世――陰暦三月三日。嬬恋稲荷下《つまごいいなりした》にある、彦六の家の寝間であった。

彦六は、鬼徳《おにとく》こと湯島《ゆしま》の徳兵衛《とくべえ》の許から独立して、まだ一ヵ月そこそこ。岡っ引としては新米だが、十手を預かった翌日には、早くも一番手柄を立てている。

「起きてくださいよ、親分。世間は、とっくに朝ですぜ」

「む……」

彦六は、しぶしぶ目を開いた。

まだ前髪を残し、月代《さかやき》も剃っていない少年が、彼の顔を覗《のぞ》きこんでいる。

肌は浅黒く、ぴんと跳ね上がった眉が、いかにも利《き》かん気《き》な印象だ。

だが、よく見ると、鼻も口もちんまりとして、顎も小さく、澄んだ目をして、案外、可愛い顔立ちである。

「なんでえ、春吉《はるきち》か」

少年は、彦六の一の乾分《こぶん》、春吉であった。

黒の腹掛《はらが》けに、童子格子《どうじこうし》の着物の裾を臀端折《しりはしょ》りして、黒の川並《かわなみ》を穿《は》いている。

小柄で、華奢《きゃしゃ》な体格だ。

「春吉か、じゃありませんよ。おいらが上がりこんで、お勝手《かって》で朝飯の支度をしても、まるで気がつかずに、眠りこけてるんだから。これが、親分を逆恨みしてる島帰りか何かだったら、もう、お陀仏《だぶつ》ですぜ」

「お前に害意がねえから、俺は、安心して寝てたんだ。岡っ引てぇ者はな、熟睡してるように見えても、心の一部は常時、不寝番《ふしんばん》だ。賊の侵入なら、間髪《かんはつ》おかずに飛び起きるさ……ふわぁ」

裸の上体を起こした彦六は、大欠伸《おおあくび》をする。

「本当かなあ」

春吉は疑いの眼差しで、にやにや嗤《わら》った。

「馬鹿野郎。乾分のくせに、親分の言葉を信じねえのか。大体、仕事はどうした、蜆《しじみ》売りの仕事は」

岡っ引の乾分などという者は、何か別に収入がないと喰っていけない。金沢町の源六長屋に一人住まいをしている春吉は、早朝に町内をまわる棒手振《ぼてふ》りが、本業であった。

「とっくに、一稼ぎして来ましたよ。もっとも今は、蜆じゃなくて蛤《はまぐり》ですがね。さあ、朝飯の用意は出来てますから、顔を洗ってきてくださいな」

「そうか――」

彦六は、立ち上がった。

寝間着なしで、腹に晒《さら》し布《ぬの》を巻き、白い下帯《したおび》を締めただけの半裸体である。大店の若旦那のような優男《やさおとこ》だが、意外に逞しい肉体であった。しかも、下帯に包まれた股間が、異常なほど盛り上がっていた。

春吉の視線は、その一点に、強烈に吸い寄せられてしまう。

彦六が、少年の眩《まぶ》しそうな視線に気づいて、苦笑した。

すると、春吉は、茹《ゆ》でたように真っ赤になり、あわてて顔をそむけた。

「な、何だよっ！　朝っぱらから、助兵衛《すけべえ》だなあ、親分はっ」

「何を言いやがる。これは、若い男なら誰にでも起こる朝勃《あさだ》ちってもので、淫心《いんしん》が兆《きざ》したわけじゃねえ。もっとも、お前には、わからねえだろうがな」

「親分の意地悪……」

春吉は潤《うる》んだ瞳で、恨めしそうに、彦六の顔を見上げた。急に、その骨細の軀《からだ》から、初々《ういうい》しい艶《なまめ》かしさが漂う。

この春吉――実は少年ではなく、十八歳の娘なのだ。体格が華奢なのも、当然である。

本当の名を、お春という。

一年ほど前に、両親を流行病《はやりやまい》で亡くしたため、お春は独りぼっちになってしまった。

だが、色香を売る茶屋勤めなどは性分に合わないので、男装をして、肉体労働で生計を立てることにしたのである。

棒手振《ぼてふ》り稼業を続けているうちに、小僧の格好も板に付き、今では長屋の住人たちも、本名の〈お春〉ではなく、通称の〈春吉〉で呼ぶほどだ。

もっとも、美少年趣味の男たちが寄ってくるのには、閉口しているが……。

その春吉が、数ヵ月前、街中で一目惚れしたのが、まだ鬼徳の乾分だった時の、彦六である。

娘であることを捨てたはずの春吉の心が、熱い想いでいっぱいになり、破裂寸前になってしまった。

それで、彦六が独立し、嬬恋稲荷下に居を構えたと聞いて、押し掛け乾分になってしまったのである。

しかし、女にかけては奥義《おうぎ》を極《きわ》めている彦六のこと、あっさりと春吉の男装を見抜いた。そして――春吉小僧のお春を、やさしく〈女〉にしてくれたのである。

それから、毎日のように、朝の行商を済ませた春吉は、この家へ来て、親分の世話う。

そこまで言った春吉は、自分の言葉の大胆さに気づいて、両手で顔をおおってしま
「だって……あれ以来、一度も………可愛がってくれないんだもの」

「俺のどこが意地悪だってんだ」

をしているのだが……。


「何だ。お前、俺に抱いて欲しかったのか」

彦六は、夜具の片膝をついて、春吉を抱き寄せた。男装娘は無抵抗——というより
も、嬉しそうに、積極的に軀《からだ》を預ける。

彦六は、横向きになっている春吉の耳に、唇を近づけて、

「だがよ、春吉。俺とお前は、十手渡世《じってとせい》の親分乾分の間柄《あいだがら》じゃねえか。そこに色事《いろごと》
が絡《から》むと、けじめがつかなくなる。そうは、思わねえか」

「そりゃそうだけど……おいら、切《せつ》なくって……」

春吉は喘《あえ》ぎながら、顔を彦六の方へ向けた。

その健気《けなげ》な様子にほだされて、彦六が、男装娘の甘い紅唇を貪《むさぼ》ろうとした瞬間、

「大変ですよっ、彦六親分!」

いきなり、表から、座敷へ飛びこんで来た奴がいた。

二人は、弾《はじ》かれたように、ぱっと離れる。

その平太《へいた》という近所の若い衆は、座敷から寝間の方へ首を伸ばして、

「嬬恋町の伊丹屋《いたみや》の娘が、首をくくりましたぜっ！」

「何っ！」

彦六は再び、立ち上がった。

2

瀬戸物店〈伊丹屋〉の一人娘・お紺《こん》は、土蔵の奥で縊死《いし》しているのを、品物を取りに来た手代《てだい》に発見されたのだという。

春吉を連れた彦六が、伊丹屋へ駆けつけた時には、お紺の亡骸は逆さ屏風《びょうぶ》の前で、夜具に横たわっていた。無論、顔には白布がかぶせてある。

松葉散らし模様の小袖に灰青色の羽織、錆鼠《さびねず》色の川並という姿の彦六が、その寝間へ入ってゆくと、

「お、親分……」

枕元にいた主人の勘右衛門が、のろのろと顔を上げた。

「伊丹屋さん、とんだことでしたね」

長身痩軀の彦六は、遺体をはさんで、勘右衛門《かんえもん》と反対側へ腰を下ろした。

春吉も、その脇に座る。

「大切な娘さんを亡くされたばかりで辛《つら》いでしょうが、これもお役目。色々と、質問させてもらいますよ」

「はい、それはもう……」

憔悴《しょうすい》しきった表情の勘右衛門は、手拭いで目元を拭った。

町方《まちかた》の立場から言えば、死亡原因の確認のためにも、縊死現場の保存が必要である。しかし、父親の勘右衛門が、すぐに死骸を下ろさせたのは、親の情として止むを得ないだろう。

「俺が小耳にはさんだ話では……たしか、お紺さんは風邪のため、今戸《いまど》の寮《りょう》で養生していたとか。店へ戻ったのが、四日ばかり前だったたね」

新米の岡っ引とはいえ、己れの縄張り内の住人の動向には、それとなく気をつけている彦六であった。

「はあ……」

「室町の富士屋の次男坊が、秋には、この店に婿入りする予定だったと聞いてる。挙式前の幸せなはずの十七娘が、どうして、自害なんかしたんですか」

「それが……こうなったら、全《すべ》てを包み隠さずに申し上げます」

勘右衛門は、彦六たちを案内して来た番頭《ばんとう》の柳造《りゅうぞう》に、退がるように命じた。私が呼ぶまで、誰も、この座敷へ近づかないように――と付け加える。

「――実は、お紺は養生をしていたのではございません。拐《かど》かされたのでございます」

「拐かし？」

彦六と春吉は、顔を見合わせた。

「はい。風邪気味で今戸の寮へ行ったのは本当ですが、その夜に、黒づくめの男たちが押し入って……」

盗人装束《ぬすっとしょうぞく》の四人は、寮番の老爺《ろうや》とお紺付きの女中のお竹を素早く縛り上げると、当て落としたお紺を連れ去った。

その際、頭《かしら》らしい男が、老爺の仁平《にへい》に伊丹屋へ、こう伝えろと言ったのである。

それは――一人娘の身代金として五百両を用意しろ、三日後にこちらから連絡する、金さえ貰えば娘は無事に帰すが、もしも町奉行所に通報したら、お紺を嬲《なぶ》り殺しにした末に人通りの多い往来《おうらい》に死骸を裸でさらしてやる――というものだった。

翌朝、ようやく縄をほどいて、仁平は伊丹屋に走ったのである。

凶報を聞いた伊丹屋勘右衛門は、散々、悩んだあげくに、事件を町奉行所に届け出ないことに決めた。

届け出たところで、誘拐一味の正体も何もわからないのだから、町方も捜索のしようがない。仮に、町方によってお紺が救出されたとしても、彼女が男たちに拐かされたことが、世間に知れてしまう。

結婚前の堅気の娘にとって、無法者の一団に監禁されたという事実は、破滅的だ。本当に凌辱されたかどうかは、問題ではない。

最悪の場合、町方の介入を知った犯人一味が、お紺を殺害することもありえる。

幸いなことに、伊丹屋にとって、五百両という身代金は、不可能な金額ではない。世間体や娘の身の安全を考えれば、大人しく金を払うのが、一番の上策のように思えた。

女房のお清《きよ》も、勘右衛門の考えに賛成した。

それに、奉公人たちに厳重に口止めしておけば、お紺が寮へ行ったのは本当なのだから、何日か彼女の姿が見えなくても、近所の者に怪しまれる心配はない。

いつでも渡せるように金を用意して、伊丹屋夫婦は、誘拐犯からの連絡を待った。

勿論、下手人から何の連絡もなかったり、金を払ってもお紺が戻らなかった場合には、すぐに、町奉行所へ訴えるつもりだった。

三日目の夜――お清が後架《トイレ》へ入っていると、外から男の声がした。

金の準備が出来たのなら、明後日の夕方こちらの指定した場所へ金を持って来い、取引の場所は当日また報せる、娘が無事な証拠に自筆の文《ふみ》を見せてやるが何を書かせるか——と男は訊く。

場所が場所だけに、声をあげて人を呼ぶわけにもいかず、お清は小声で、子供の頃に通った手習《てなら》いの師匠の名前を——と言った。

わかった……と男が立ち去る気配があって、ようやく、お清は、後架から震えながら這い出したのである。

二日後の昼すぎに、伊丹屋の庭に、小石を包んだ文が投げこまれた。

その文には、浅草寺の境内の一角の地図があり、隅には、まぎれもなくお紺の字で、手習い師匠の名前が書かれていた。

すぐさま、勘右衛門は駕籠《かご》で、浅草寺へ向った。

境内にある淡島神社の裏手に、身代金の風呂敷包《ふろしきづつ》みを置いて、本堂のまわりを一周してから戻ってみると、その風呂敷包みは消えていた。代《か》わりに、「店で待て」と書かれた紙片が残っていた。

後ろ髪を引かれるような想いで、勘右衛門は、嬬恋町の店へ戻った。

すると、四半刻《しはんとき》——三十分とたたないうちに、お紺が、ふらりと店へ入って来た。

奥の座敷へ寝かされたお紺は、放心したような表情のまま、何も喋ろうとはしなかった。

いくぶんやつれた様子ではあったが、乱暴されたようには見えない。

薬湯を飲ませて眠りこんだところで、老医者が、お紺の女の部分を改めたが、そこはまだ、生娘《きむすめ》のままであった。

念のために、背後の門も調べたが、そこにも凌辱の痕跡は残っていない。

それを聞いた勘右衛門夫婦は、安堵の溜息をついて、老医師に多額の診察料を払った。

誘拐犯から解放されたお紺は、しかし、一味のことや監禁場所のことなどは、まったく話ず、いつも沈んだ様子であった。

どんな扱いを受けたのか、と母親のお清が訊《き》いても、別に何もされていない——と答えるばかり。

誘拐事件は世間に隠しおおせたし、軀《からだ》に大事はなかったのだから、あとは自然と元気を取り戻すだろう——勘右衛門夫婦がそう話し合っていた矢先に、突然、お紺は首をくったのである。

お清は、娘の変わり果てた姿を一目見るなり、寝込んでしまったという。

「——遺書はなかったんですかい」

彦六の問いに、伊丹屋は頭を振った。

「ございませんでした。」

「せめて、遺書なりと残しておいてくれれば、拐かし一味の手がかりもあったのだが……今、これを言うのは酷《こく》だろうが、伊丹屋さん。事件が起こった時、真っ先に、俺に相談してもらいたかったね」

「はいっ、はいっ……軽率でございました。……あの時、彦六親分にお願いしていれば……商人《あきんど》というのは卑しいもので、つい、金で済むことなら……と驕《おご》った考えになるのでございます。そのために……娘が……こんな姿に……」

彦六は、泣き崩れる勘右衛門を、黙って見ていた。

男装娘の春吉は、蒼《あお》ざめた顔になっている。

「では、伊丹屋さん。ホトケさんを改めたいので、しばらくの間、はずしてもらえますか」

ようやく落ち着いた勘右衛門に、彦六は、そう言った。

勘右衛門が出ていくと、番頭を呼んで小盥《こだらい》に湯を用意させる。それから、冷たくなった十七歳の娘の軀《からだ》を、じっくりと調べた。

縊死だから、死顔は凄まじい状況になっている。ただし、頸部に残った縄の痕《あと》などからして、他殺ではなく自殺であることは、疑う余地はない。

確かに、局部に異常はなく、虐待を受けたような傷跡もないのだ。

弔い装束を元のように直して、盥の湯で手を洗いながら、ずいぶんと行儀の良い下手人だ、と彦六は考えた。

美人で評判の大店の跡取り娘を誘拐したのだから、並の悪党だったら、凌辱の限りを尽くすのが当たり前なのに、指一本、触れていない様子なのである。

そこが、どうも腑に落ちない。それに、そんなに丁重に扱われたのなら、お紺が自殺をする理由がないではないか……。

検屍を手伝った春吉は、吐きそうな顔になっていた。

座敷を出た彦六は、春吉と一緒に土蔵の中を調べたが、やはり、お紺の死は自殺に間違いない。

母屋へ戻った彦六たちは、奉公人たちに一通り話を聞いた。特に、下手人たちの姿を見ているお竹には、じっくりと尋ねる。

しかし、闇の中で、いきなり水月《みぞおち》を打たれて当て落とされた女中は、ほとんど相手を見ていなかった。

それから、寝込んでいるお清の枕元で、再び勘右衛門と会い、さらに詳しく質問した。

お清の方は啜《すす》り泣《な》きながら、娘の仇敵《かたき》を討ってくださいまし、と言うばかりだ。

「――最後に、もう一度だけ、お尋ねしますが。どんな些細《ささい》なことでも、かまいません。お紺さんの言動で、何か気がついたことがあったら、話してください」

伊丹屋夫婦は、しばらくの間、考えこんでいたが、お清が、ふと思い出したように、

「そういえば……帰って来てから、お紺は、お茶を飲まなくなりました」

「茶を？」

「ええ。白湯《さゆ》ばかり飲んで、お茶は見るのも厭だと……意味はわかりませんが」

「茶……茶ねえ……」

彦六は、さすがに首をかしげた。

3

「そいつは本当か！」

彦六は思わず、叫んだ。

「へえ、間違いありませんや。その千秋《ちあき》って娘さんは、五日前から行方知れずになってるんです」

研《と》ぎ屋《や》の権次《ごんじ》は、せわしなく周囲に目を配りながらも、得意そうな口調で言った。

伊丹屋のお紺が自殺した翌日――その午後であった。

新《あたら》シ橋《ばし》の近くにある、掛け茶屋の裏手だ。

神田川の川面は、春の陽光に眩《まぶ》しいほど煌《きら》めいていた。

岡っ引の手下《てか》には、二種類ある。

春吉のように、直《じか》に親分の臀《しり》にくっついて歩く奴を、〈乾分《こぶん》〉という。

それと反対に、表向きには岡っ引との繋がりはなく、本業を持ちながら情報収集や下手人探索に務める者たちを、〈下《した》っ引《ぴき》〉と呼んだ。狐のように尖った顔をした四十男の権次は、この下っ引なのである。

昨日から——彦六は、師匠である鬼徳の協力を得て、お紺の誘拐犯一味の捜査を始めていた。

独立したてだから、まだ、自分の子飼いの下っ引は少ないので、徳兵衛の下っ引を利用させてもらっている。権次も、その一人だ。

「亀井町の仁王長屋《におうながや》に住む浪人者の妹——と言ったな」

「大庭左門《おおばさもん》という遠州《えんしゅう》浪人でさあ。神社や寺の境内で、居合抜《いあいぬ》きを見せながら歯磨き売りをしてます。妹の千秋さんも、お小姓《こしょう》の格好をして、売り子をしてたんですがね。あたしも一度見かけたが、これがまあ、男装の似合う凛凛《りり》しい美人で」

その千秋が、五日前の夜——湯屋《ゆや》を出て長屋へ戻る途中に、忽然《こつぜん》と消えてしまったのである。

兄の左門はもとより、長屋中の者が総出で捜しまわったが、まるで神隠しにあったが如く、千秋の姿は見つからなかった。

当然、土地の岡っ引である弁蔵《べんぞう》に相談したが、年頃の娘だから惚れた男と逢《あ》いびきでもしているのだろう――と取り合わない。

だが、それから五日が過ぎても、千秋は戻っていないし、何の連絡もないという。

「五日前というと……ちょうど、お紺が伊丹屋に帰って来た日ですよ、親分」

男装娘の春吉が、脇から言った。

「そうなんですよ、春吉兄ィ。それで、あたしも、こいつは怪しいと、ぴんと来たんでさあ」

「調べてみる価値がありそうだな」

彦六は、包み金を源次の手に落とすと、春吉を連れて、掛け茶屋の前の道へ出た。

新シ橋を渡ると、神田富松町を抜けて、亀井町へ向う。亀井町は、竹細工職人が多く住む町である。

仁王長屋の〈御歯磨　梅花香〉と書かれた腰高障子を、彦六は、

「御免《ごめん》ください」

そう声をかけて、がらりと開いた。

「左門様のお宅は、こちらですか」

「――左門様などという立派な御方《おかた》はおらぬが、たしかにここは、大庭左門の住居《すまい》だ」

入ってすぐが三畳の板の間、次が六畳の座敷になっている。その座敷の柱にもたれかかって、茶碗酒を飲んでいた浪人が、野太《のぶと》い声で答えた。

大柄で、肉づきがよく、樽《たる》のような軀《からだ》つきをしている。顔の下半分に髭《ひげ》を密生させ、黒っぽい小袖に袴《はかま》を付けているので、まるで熊が座っているように見えた。

「晦日《みそか》を過ぎて間もないから、新手《あらて》の掛《か》け取《と》りの類《たぐい》ではないようだが……さて、お主《ぬし》たちは何者だ」

左門は、赤く濁った目を、ゆっくりと彦六たちの方へ向ける。

座敷の隅には、居合抜きの観世物《みせもの》に使うらしい、四尺《しゃく》の大太刀が立て掛けてあった。

「へい。お上から十手を預かっております、嬬恋稲荷下の彦六と申します」

相手が浪人の上に酔っ払っているので、彦六は、丁重に答える。

「岡っ引か」

とろんとしていた左門の表情が、急に険《けわ》しくなった。

「千秋が……妹が見つかったのか。ぶ、無事か、それとも……」

空の茶碗を放りだして、身を乗り出す。

「いえ、そうじゃございません。千秋さんのいなくった時の様子を、詳しく聞かせていただきたいんで」

「……嬬恋町の岡っ引なら、ここは縄張り外ではないのか」

明らかに落胆した表情で、左門は、畳の上に転がっていた茶碗を拾った。

「それは、おっしゃる通りです。が——私が扱っている事件と、何か関係がありそうなものですから」

彦六は、伊丹屋の名を伏せて、お紺誘拐の一件を簡単に説明した。

「なるほど……その娘が自害した日の夜に、千秋が消えたというわけか」

「今、見て参りましたが、桜湯からこの長屋までは、せいぜい一町《ちょう》というところですね」

一町――約百九メートルだ。

「そうだ。五歳の童《わらべ》でも、迷わずに帰って来れる距離だ。夜といっても、まだ宵《よい》の口《くち》。しかも、通い慣れた道だ。十八歳の娘が、戻って来れぬわけがない。何かあったに相違ないのだ」

「弁蔵親分は、色恋絡みだろう――と言ったそうで」

妹には男などおらん、と髭面浪人は言った。

「花の盛りを、簪《かんざし》一本も買わずに、こんな酔いどれの兄の面倒をみていたのだ。情《い》人《ろ》など作る暇があるものか。それに、駈け落ちだというなら、なぜ、身のまわりの物を持ってゆかんのだ。おかしいではないか」

喋りながら、左門が喉の奥に流しこむのは、清酒《すみざけ》ではなく安い濁酒《にごりざけ》であった。

「たしかに。それで、脅迫状とか、身代金を要求する文とかは？」

「何も来ない。一切、ない。……もっとも、身代金など払える身分ではないがな」

左門は、酒に濡れた紫色の唇に、苦い嗤《わら》いを浮かべる。

「金で千秋が無事に戻るのなら、辻斬りをしてでも、金は作るつもりだ。だが……そうではないから、余計に……今頃、どんな目にあっているかと思うと……」

不吉な想像を追い払うように、左門は、伸びた月代《さかやき》を掻きむしった。

「千秋さんは、武芸の方はいかがですか」

「女の身ながら、一通りのことは仕込んである。そこら辺《へん》をうろついているごろつきの一人や二人は、素手で軽くあしらえるはずだ」

「ほほう……」

「だから、合点がいかぬのだ。何者かに襲われたのだとしても、黙って、無抵抗で連れ去られるはずがないのだが」

「失礼ですが、千秋さんは斬り合いをしたことが、ありますか」

「いや。さすがに、それはない」

彦六は、伊丹屋の寮番をしている老爺から、詳しく話を聞いたのだが、誘拐犯の一味は、影のように静かに侵入して来たのだという。

相当の場数を踏んだ玄人《くろうと》に違いない。

身代金の要求や、それを手に入れる時の手順などは、見事なほど鮮やかであった。手強《てごわ》い奴らだ。湯上がりの娘一人をさらうなど、容易《たやす》いことだろう。

「修羅場《しゅらば》を重ねて来た盗人は、下手《へた》なお侍よりも、腕が立ちますからねえ……」

迂闊《うかつ》にも彦六が呟いた途端に、大庭左門の形相《ぎょうそう》が変わった。

「今、何と申した」

眼がすわっている。酒乱《しゅらん》らしい。

「いや……あの……」

失言だったと気づいた彦六だが、もう、後の祭りである。

「わしの妹が、盗人風情《ふぜい》に遅れをとったというのかっ」

言うが早いか、左門は、意外なほどの速さで、大太刀をつかんだ。

「逃げろっ」

春吉を表の方へ突き飛ばして、彦六も、土間から飛び出した。

すぐに、左門の巨体も飛び出して来た。

「待てえっ！」

さすがに商売だけあって、一挙動で長尺の大刀を抜き放つ。

表で立ち聞きしていた長屋の住人たちが、わっと蜘蛛《くも》の子《こ》を散らしたように逃げ出した。

刀を大上段に振りかぶった左門は、彦六に迫る。

懐の十手を抜く暇もなく、彦六は咄嗟《とっさ》に、壁に立て掛けてあった角材をつかんで、一文字に構えた。

風を巻いて振り下ろされた大刀が、その角材を真っ二つに切断する。

彦六は、角材を捨てて、脇へ跳んだ。

そこは井戸の前の洗い場で、盥が置いてある。その盥を、彦六はつかんだ。

格好も何も、気にしている余裕はない。

横倒しの姿勢のまま、つかんだ盥を、酒乱浪人の脛《すね》に投げつけた。

「わっ」

箍《たが》が裂け、盥がばらばらになるほどの勢いでぶつかったのだから、さすがの左門も、前のめりに転倒した。

起き上がった彦六は、左門の右腕を踏みつけると、その首筋を手刀で強打する。くぐもった呻きとともに、左門は気を失った。

大刀をつかんだ彦六は、大きな吐息をついた。全身が脂汗で濡れている。

左門が素面《しらふ》の時だったら、間違いなく、彼は一刀両断にされていたことだろう。

「すいませんが、皆さんで、座敷へ運びこんでくださいな。なに、四半刻もすれば、気がつきますよ」

遠まきにしていた住人たちに、彦六は言った。酔った上とはいえ、十手持ちに斬りかかったのは無法だが、こちらの口のきき方も悪かったのだ。

が、ふと気づくと、春吉の姿がない。

「お、親分！　親分っ、助けて！」

声のする方へ行くと、神田堀に春吉が浮いていた。いや、浮いているというよりも、両腕で出鱈目《でたらめ》に水面を叩いているだけだ。

逃げようとして、誤って、堀へ落ちたものらしい。しかも、泳げないようだ。

「沈んじゃうよっ、早く！」

「やれやれ、世話のかかる奴だな……」

彦六は、そばにいた棒手振《ぼてふ》りの六尺棒をかりて、それを春吉の方へ差し出した。

4

彦六が、ゆっくりと銚子《ちょうし》一本開けたところで、春吉が湯から戻って来た。

「暖まったか。水温《みずぬる》む春というが、三月初めじゃあ、まだ、泳ぐには早いからな」

そこは、亀井町の隣の本町にある料理茶屋〈恵美須《えびす》〉の離れであった。

神田堀に落ちた春吉を連れて、彦六は、内湯のあるこの店へやって来たのだ。

そして、男装娘の春吉が風呂に入っている間に、彦六は、手酌で飲んでいた。肴は、筍《たけのこ》の味噌がけと炒《い》り豆腐である。

着物も腹掛《はらが》けも川並《かわなみ》も、絞ったくらいではどうにもならないから、それは持ち帰ることにした。

今、春吉が着ている網目模様の小袖は、彦六が女中に買って来てもらった古着である。

「すいません、親分。こいつの代金は、蛤や豆腐を売りまくって、必ず……」

「馬鹿野郎っ」彦六は笑った。

「奉公《ほうこう》始めのお仕着《しき》せだ、とっとけ」

「はい、ありがとうございますっ」

春吉は膝を揃《そろ》えて、嬉しそうに頭を下げた。

どういう形であれ、彦六から、初めてプレゼントされたからである。

外は夕闇に覆われる頃で、座敷には行灯《あんどん》がともっていた。彦六は、春吉に杯を取らせて、

「しかし、お前も岡っ引の乾分になるなら、水練《すいれん》ぐらい身につけておけよ。そんな事じゃ、捕物はできねえぜ」

酌をしてやりながら、そう言った。

「でも……無理だよ、親分」

「どうして?」

「だって、おいら……女だもの」

春吉は拗《す》ねたような、だが、媚《こび》のまじった口調で、言った。

「こいつは、俺が悪かった。考えてみりゃ、山奥の村娘や鮑取《あわびと》りの海女《あま》じゃあるまいし、お江戸の娘っ子が裸で、大川に入れるわけがねえや」

この時代――女性用の水着は存在しない。

水垢離《みずごり》をする時などは、男は下帯一本の姿だが、女は下裳《したも》の上に肌襦袢《はだじゅばん》をつけたまま

まというのが、常識であった。

街に住む女が水練をするという習慣がないし、水練をしないのだから水着も開発さ

れないし、水着がないから女は水練をしない――という悪循環なのである。

江戸中の湯屋のほとんどが男女混浴だが、屋内のそれと街中で女が裸になることは、

やはり別物であろう。

したがって――女が泳ぎを覚えられるのは、全裸かそれに近い格好になっても平気

な、山間部か漁村ぐらいだった。

だから、武家も町人も、街住まいの女たちは、ひどく水を恐れた。

泳げない上に、女の着物は水中で極端に軀《からだ》の自由を奪うから、川や海に落ちたら、

まず助からない。

だからこそ、女の自殺法といえば、身投げが第一位を占めているのだ……。

「そうだよ。いくら、おいらが男の形《なり》をしてるからって、裸で大川へ飛びこめるもんか」

「わかった、わかった」

「だってぇ、おいらが肌を見せる相手はさ……この世の中に、彦六親分ひとりだもの……」

春吉小僧のお春は、恥じらいながら、彦六にしなだれかかった。湯上がりの彼女の軀《からだ》は、年頃の娘らしい甘い温気《うんき》を発している。

これはもう、抱いてやらないと納まりがつかないようだ——と彦六は観念した。

「飲むか、お春」

軀《からだ》をすり寄せながらも、目を合わせずに俯いているお春の口元に、杯を運んでやると、

「杯からじゃ、いや………」

そう言って、男の胸に顔を埋める。

「手間のかかる奴だな」

きゅっと杯を干《ほ》した彦六は、それを膳に戻すと、お春の頤《おとがい》に指をかけて、上を向かせた。

男装娘の瞳が、恋情と欲望に潤《うる》んでいる。

「……」

彦六が唇を近づけると、そっと目を閉じた。

男が口移しに流しこんだ酒を、お春は、こくんと喉を鳴らして飲みこむ。

そして、酒がなくなっても唇を離そうとはせずに、大胆にも、自分から舌を挿《さ》し入《い》れてきた。二人の舌が夫婦蝶《めおとちょう》のように絡み合って、互いの口の中を、行《い》き来《き》する。

濃厚な接吻《ディープ・キス》を行いながら、彦六の右手は、着物の裾前《すそまえ》を割って、なめらかな内腿を撫で上げていった。

お春は、肌襦袢は着ていたが、下裳《したも》はつけていない。乳房に晒《さら》しも巻いていなかった。

若い娘らしい羞恥心から、形だけの抗《あらが》いを見せるお春の局部へ、ついに、彦六の指が到達した。そこは、熱く湿っている。

無毛の柔らかな亀裂を巧《たく》みにまさぐると、

「あ……あぁ………んぅ……」

目を固く閉じて、お春は喘《あえ》ぐ。

すぐにそこは、溢れる蜜の坩堝《るつぼ》と化した。

花園からこぼれた透明な愛汁《あいじゅう》が、蟻《あり》の戸《と》渡《わた》りを伝わって、背後の門まで濡らす。

「この前より、ずいぶんと敏感になっているじゃねえか」

彦六は、男装娘の軀《からだ》を畳に横たえて、感心したように言った。

「それは……したから」

「何をしたんだ、お春」

薄く目を開けた娘は、羞《はず》かしそうに微笑して、首を横に振った。

「やだ、言えないよ……」

「そうか。言わねえと——こうだぞ」

彦六は、愛汁に濡れた人差し指で、彼女の後門をさぐった。

「ひっ」

羞恥心と未知の感覚から、お春は、小さな悲鳴をあげた。

「やい、お春。臀《しり》の孔《あな》に指を突っこまれたくなかったら、畏《おそ》れいりましたと白状しな」

娘の後門にあてがった指先に、じんわりと力を入れながら、彦六は、芝居がかった口調で言う。顔は笑っていた。

「やめてっ、言うから、やめてくださいっ」

四肢《しし》を縮めるようにして、お春は、哀願する。

「よし、隠さず言うのだぞ」

「あの、おいら……親分に女にしてもらった時のことを思い出して……毎晩……自分で……だって、親分がいけないんだ。毎日、顔を合わせているのに、おいらの手も握ってくれないんだもの……」

可愛い男装娘は、涙ぐんでしまう。

「すまなかった、そんなに俺のことを、想っていてくれたのか。毎夜、自分で慰《なぐさ》めていたとはな。――おい、もう泣くな」

彦六は、お春の双眸《そうぼう》に浮かんだ涙の粒を、そっと吸ってやった。

それから、娘を全裸に剥《む》いて、自分も下帯だけ裸体となる。

障子を締め切ってあるので、寒さは感じなかった。女中は、彦六が少年愛趣味なのだと勘違いしたらしく、気をきかせて、まったく座敷へ近づかない。

苛酷な肉体労働で鍛えたお春の軀《からだ》は、女にしては引き締まっていた。手足は、すんなりと発達している。

日焼けした浅黒い四肢と、真っ白な胴体との対比が鮮やかだ。胸乳《むなぢ》は小さく、乳輪は薄桃色をしている。

もはや、唇や舌による愛撫を必要としないほど、お春の秘部は熱く滾《たぎ》っていた。

彦六は、彼女を四ん這いにして、臀を高く掲げさせる。そして、その背後に、片膝立ちとなった。

まだ硬さが残っている臀丘を両手で割ると、割れ目の奥底に茜色《あかねいろ》の後門が、ひっそりと息づいていた。

「親分、何をするの……？」

顔を背後にねじ向けて、お春は、不安そうに訊《き》いた。

「正面から抱き合うばかりじゃねえ。後ろからだって、あれが出来るんだぜ」

彦六が下帯を取り去ると、逞《たくま》しく屹立《きつりつ》した巨砲が、天を差して脈動している。百《ひゃく》戦錬磨《せんれんま》の凶器である証《あか》しに、黒光りしていた。

長大な肉茎を、お春の花孔にねじこむ。

「ひぐっ………！」

まだ一度しか抱かれていないのに、連夜の自慰《マスターベーション》の成果なのか、巨根が納まってしまうと、お春の苦痛は少なかった。

それどころか、静止状態で様子を見ている彦六の男根を、新鮮な肉襞が、きゅっきゅっ……と健気《けなげ》に締めつける。

名器と呼んでもいい味わいだ。

「お春、動くぜ」

「ゆ、ゆっくりして……」

彦六は、丸く張りつめた小さな臀を両手でつかむと、律動を開始した。

ぬちゃり…ぬちゅっ…ぬちゃり……ぬちゅっ……と剛根の表面と花孔粘膜がこすれる卑猥《ひわい》な音が、座敷の中に流れる。

「どうだい、お春。臀の方から突っこまれるのも、悪くはねえだろう」

「はぁ……でも…深い……深すぎるよォ……」

お春は、腰をくねらせた。

男髷の娘を犬這いにして、引き締まった軀《からだ》を背後から貫いていると、まるで、美少年を犯しているような錯覚におそわれる。

そのうち、臀の孔の味見もしてやらねえとな――お春の美肉を責めながら、彦六は、冷静な眼差《まなざ》しで、娘の背中を見下ろしていた。

床上手《とこじょうず》の遊女だった義母に、幼くしてＳＥＸ技術の全《すべ》てを仕込まれた彦六は、心の奥底で女体を嫌悪しているのかも知れない。

抱けば抱くほど、相手の女が悦楽にのたうつほど、彼の心は醒《さ》めてくるのだ。

お春を可愛いとは思う気持ちはあるし、抱けば、肉体的な快感も満足感もあるのだが、胸の奥にある昏《くら》い虚《うろ》だけは、どうしようもない……。

およそ四半刻も責めているうちに、お春の快楽曲線が、急激に上昇した。

小刻《こきざ》みに腰を振っていた彦六は、男装娘が昇りつめるのと同時に、自らも発射した。

新鮮な肉襞の奥に、大量の聖液を放つ。

死んだようにぐったりとなったお春の背中に、なるべく体重をかけないようにして、彦六は覆《おお》いかぶさった。

かすかに痙攣《けいれん》する花孔に挿入したままで、お春の耳の裏側に唇をつける。

そこに溜まった汗を舐めてやると、若々しい肉体が、ぴくっと反応した。

「おいら……親分のためなら……」

春吉小僧のお春が、かすれ声で呟いた。

「いつでも死ねるよ……ほんとだよ……」

5

「お、親分っ！」

いつもの童子格子を着た春吉が、彦六の家へ飛びこんで来たのは、二日後の早朝であった。

「まだ、夜が明けたばかりなのに、えらく早いな。だが、今日は俺も、とっくに起きてたぜ」

勝手口で米を研いでいた彦六が、顔も上げずに言った。

「今日は、俺の炊《た》いた飯を喰わせてやる」

「飯どころじゃねえんですよっ」

春吉は焦れったそうに、担ぎ棒と桶を板の間に置いて、

「そこの火除地《ひよけち》の火《ひ》の見櫓《みやぐら》に……お、女が……」

「何っ、殺しか！」

彦六は釜を放り出して、玄関の方へ行った。

「違うんです、とにかく早くっ」

十手を懐へ入れた彦六は、羽織をつかんで表へ飛び出した。春吉と一緒に、火の見櫓へ方へ走る。

明るくなったばかりだというのに、櫓の下に、かなりの数の野次馬が集まっていた。中には、寝ている最中に飛び出して来たのか、寝間着に夜具をかぶったままの者もいた。

おかしなことに、彼らは、地面ではなく上の方を見ている。彦六も、野次馬たちの視線の方へ、目をやった。

「っ⁉」

さすがの彦六も、驚愕した。

櫓の中ほどの横木から、素っ裸の若い女が吊されているのだ。

しかも、後ろ手に縛られた上に、両足を蟹《かに》のようにMの字型に広げられている。

当然のことながら、豊穣《ほうじょう》な柔毛に飾られた秘処《ひめどころ》も背後の菫《すみれ》色の排泄孔も、女の羞《はず》かしい部分が全《すべ》て、露《あら》わになっていた。

猿轡《さるぐつわ》を噛まされている女は、野次馬たちの無遠慮な視線から、何とか、そこを隠そうと弱々しく藻掻《もが》いているが、巧妙に縛られているため、足を閉じることが出来ないようだ。

「て……てめえらっ、何してやがる！」

彦六は、こめかみに青筋を立てて、見物人どもを怒鳴りつけた。

激怒のあまり、頭の中の血液という血液が、沸騰したような気がした。

「観世物《みせもの》じゃねえぞ、阿呆《あほう》ども！　さっさと散れ！　家へ帰れ！　もたもたしてると、自身番《じしんばん》へしょっぴくぞっ」

その剣幕《けんまく》の凄まじさに、皆、あわてふためいて、逃げ出す。

彦六は、その中から顔見知りの若い衆を、三人ほど呼び戻した。

彼らに手伝わせて、女を櫓から下ろすには、かなりの手間がかかった。何度も、地面へ落としそうになって、冷汗をかく。

自分の羽織を肩にかけてやると、複雑に縛られたままの姿で抱きかかえて、近くの自身番へ運びこむ。

礼を言って若い衆たちを帰すと、ようやく、包丁をつかって縄を数ヶ所、断ち切った。猿轡も外してやる。

二十歳前後の美しい女だったが、ひどく衰弱していた。

肌の冷え具合や縄目の痕《あと》からして、夜明け前から、あそこに吊されていたらしい。

「しっかりしな。おい、親爺《おやじ》さん。白湯《さゆ》をくれ、いや、冷ましたやつをな」

血の巡《めぐ》りが良くなるように、女の腕をこすってやりながら、彦六は、番太郎の五助《ごすけ》に命じた。

春吉も一生懸命に、女の足をこすってやる。

助かったという安堵《あんど》のためか、女は、放心したような表情で、なすがままになっていた。

「親分、これを」

五助が湯呑みで差し出した温《ぬる》い白湯を飲ませると、女の蒼《あお》ざめていた頬に、ようやく血の気が戻ってくる。

「姐《ねえ》さん。事情は落ち着いてから、聞かせてもらうよ。腹は減ってねえか、もう一杯、湯を飲むか」

「………」

女は、力なく、首を横に振った。

「そうか。だったら、奥で少し休むがいい。その間に、着るものを持って来るから」

彦六がそう言った時、放り出すような勢いで、番屋の戸が開かれた。

顔を真っ赤にして息を荒げた大庭左門が、そこに立っていた。

彼の姿を見た女の両眼が、裂けるのではないかと思うほど、大きく開かれる。

「……千秋」

喉の奥から絞り出すような声で、左門が言った。

次の瞬間、異様な呻き声とともに、女の唇の間から、どっと赤黒い血が溢れ出した。

それを見た左門が、土間へ飛びこんで、止める間もなく、女を袈裟《けさ》に斬って捨てる。

血溜《ちだま》りの中に女は突っ伏し、彦六と春吉まで血飛沫《ちしぶき》を浴びた。

「さ、左門さんっ！」

土間へ転がり落ちた彦六は、十手を構えながら、立ち上がった。

「彦六とかいったな……」

血刀を下げた左門は、陰鬱《いんうつ》な目で若い岡っ引を見つめた。

「今、聞いただろう。これが、拙者《せっしゃ》の妹の千秋だ。どんな様《ざま》で見つかったかは、面白がって吹聴していた近所の者に聞いた。もしやと思って、駆けつけたのだが……」

「……」

「落ちぶれ果てても、武士の娘だよ。大勢の町人の前で恥をさらした以上は、舌を噛んで自害《じがい》するしかあるまい。拙者は、介錯《かいしゃく》をしてやったのだ」

「しかし……左門さん。これでは、拐《かどわ》かし一味の正体が」

「一味の正体？」

大柄な牢人者は、脂の浮いた顔に、ねじれたような嗤いを浮かべた。

「そんなものが、今さらわかったからといって、何がどうなる。妹の受けた恥辱が、忘れさられるとでもいうのか」


「へえ。そいつは無理ですが……」

「――千秋」

左門は、妹の亡骸に向って、穏やかな声で言った。

「一人で冥土《めいど》への旅は、寂しかろう。この兄が、供《とも》をしてつかわすぞ」

言い終わるのと同時に、大庭左門は、大刀で自分の頚部を薙《な》いだ。

凄まじい勢いで噴出した血潮が、番屋の天井に衝突する。

樽のような軀《からだ》が、横倒しになった。首は、半ば落ちかかっていた。

「………」

浪人兄妹の凄惨な死《し》に様《ざま》に、彦六は立ち尽くしたままで、春吉と五助は腰を抜かしている。

静まりかえった中で聞こえる雨垂《あまだ》れのような音は、天井から血の雫《しずく》が落下する音であった。

6

「――なあ、彦六よ」

長火鉢《ながひばち》の前で煙草を吸いながら、鬼徳こと湯島の徳兵衛《とくべえ》は言った。

「今度の二つの事件、少し妙《みょう》じゃねえか」

自身番の中で大庭兄妹が果てた翌日の午後――彦六は、居酒屋〈若狭《わかさ》〉の裏手にある、徳兵衛の家の居間にいた。

「へい……実は、俺もそう思っていたところで」

短い期間の間に、同一犯の仕業《しわざ》と思われる美女の誘拐事件が二度も起きて、しかも、二人とも彦六の縄張り内で死んだ。

これが偶然だとは、考えにくい。

「一人目の伊丹屋のお紺……これは、五百両の身代金目当てだったとしよう。だが、二人目の浪人の妹は、どうだ。身代金の要求はなかったし、仮にあったとしても、酒乱気味の兄貴には、払えなかっただろう。すると……何のために拐かしたのかな」

「千秋さんを、好き放題に手籠《てごめ》にするため――としか思えませんが」

「そうだな。しかし、彦六親分よ。どうして、その女を、わざわざ裸の晒《さら》し者《もの》にしなきゃならねえのだ、え？」

鬼徳は、ぽんと灰吹きに煙管《きせる》を叩きつけた。

それが問題なのだ。

今のところ、下手人たちを目撃した者は見つかっていない。だが、彦六たちが千秋を下ろす時でも、あんなに大変だったのだから、吊る時はもっと手間がかかったはずだ。

誰かに見られる危険を犯してまで、なぜ、あれほど厄介な真似をしたのだろうか。

「今朝、お奉行所に顔を出して、速水《はやみ》の旦那に会ったんだがな」

「へい」

彦六は神妙な顔になる。

速水の旦那というのは、北町奉行所の常町廻り同心・速水千四郎《せんしろう》のことだ。徳兵衛も彦六も、千四郎から岡っ引の手札《てふだ》を貰っている。

「彦六では若すぎて、あんな難しい事件の下手人は挙げられねえんじゃないか――という意見が出てるそうだ。勿論、速水の旦那は、『彦六なら大丈夫』と太鼓判《たいこばん》を押してくださったそうだが……なまじ、十手渡しの翌日に、例のお菊殺しの下手人を、すぐに挙げちまったからな。今度の件では、逆に、もたもたしてるように見えるのだろうよ」

「親分、実は——」と彦六。

「三人目らしいがいるんですよ」

「また、拐かしかっ」

鬼徳は、金壷眼《かなつぼまなこ》を光らせる。

「へい。金沢町の彫金職人で藤吉《とうきち》というのがいますが、こいつの女房のお梅《うめ》が、昨日の夕方から行方知れずになってます。一緒になって半年目で、夫婦仲も良く、家出する理由はありません。年齢は十八。美人というよりも、色っぽい女だそうです」

「昨日ってことは……浪人の妹が晒し者にされ、死んだ日だ。その千秋さんが拐かされたのは、伊丹屋の娘が店へ戻った日……彦六、そのお梅、三人目に間違いなさそうだな」

「親分。これは、誰かが、俺の顔を潰すために……」

「嫌がらせか」と鬼徳。

「いや、挑戦と言った方がいいかも知れねえがな。俺も、それを考えていたよ。心当たりはあるのか」

彦六が一本立ちになってからの事件は、伊藤屋のお菊殺しだけである。

下手人は、お菊の許婚である半造の実の兄、峰屋の長男の文造であった。これがために、峰屋は家財没収となり、一家は離散している……。

「ですが、峰屋の者に、こんな玄人《くろうと》の真似はできないでしょう」

「それより前の事件となると、どれも俺の乾分だった時期だ。だったら、お前より、この俺を的《まと》にしそうなものだがな」

「宿なしのごろつきだった俺が、親分に拾われて三年……さて、どれだけの悪党に恨まれていることか」

彦六は、うんざりした様子で、頭を振った。

「よし。俺たちの手がけた科人《とがにん》で、最近、ご赦免船《しゃめんぶね》で江戸へ戻った奴がいないかどうか、速水の旦那に調べてもらおう。すぐにだ、お梅の命がかかってるからな」

「お願いします」

丁重に頭を下げた彦六が、鬼徳の家から出てくると、若狭の裏口から、女中のお光《みつ》が出て来た。

彦六が実の妹のように思っている、十五歳の娘だ。今は、ふくれっ面をしている。

「どうした、お光坊。蛸の喰いすぎか」

彦六が軽口を叩くと、

「これ。さっき、どっかの子供が、彦さんに渡してくれって。女の人からみたいよ」

お光は、彦六の胸に手紙を押しつけるようにして、さっさと店へ戻ってしまう。

「文くらいで、焼かなくてもいいじゃねえか……ん?」

手紙の差出人に、女文字で〈梅〉と書いてあるのを見て、彦六の表情が、さっと険しくなった。

その手紙には、男の文字で、こう書いてあった――お梅を助けたければ、今すぐ、小石川薬草園の裏手にあるお化け寺まで来い、誰かに話したら、お梅は殺す、㊣。

7

「………ぐふっ」

脇腹を蹴られて、彦六は、気絶から醒めた。

後頭部の鈍痛に歯噛みしながら、渋る目を開く。

広い板の間に、彦六は後ろ手に縛られて、転がされていた。須弥壇《しゅみだん》があるところを見ると、どうやら、〈お化け寺〉の本堂らしい。

彦六は、手紙の指図どおりにこの廃寺へ来たのだが、崩れかけた山門をくぐった途端に、背後から頭部を殴られて、それっきり、意識を失ってしまったのである。

その須弥壇には、月代《さかやき》を伸ばした中年男が、腰をおろしていた。

労咳《ろうがい》でも患っているのではないか――と思えるほど痩せこけて、顔色が悪い。着流し姿で、懐手《ふところで》をしている。

「ふん、気がついたかい。一刻近くも目が覚めないから、強く殴りすぎたのかと思ったぜ」

男の、紫色をした薄い唇がねじくれて、黄色っぽい歯の一部が露出した。笑ったつもり、らしい。

「お前が〈松〉か……」

彦六は、周囲に視線を走らせながら訊く。

右横に、若い男が一人――こいつが脇腹を蹴ったのだろう。左手にも、一人。

さらに、須弥壇の右側にも、男が立っていた。そして、そいつの前には、若い女が転がされている。

幅広の革帯で後ろ手に縛られた、その女は、おそらく、お梅であろう。縄や細紐で縛るのと違って、あの革帯ならば、軀《からだ》に痕が残りにくい。

「そうよ」須弥壇の男は言った。

「業人《ごうにん》の寒兵衛《かんべえ》一味に、三魔衆《さんましゅう》と呼ばれる幹部がいてな。俺は、その一人で、明後日松《あさってまつ》という」

「業人だと……あの、五街道を股にかけて、非道を働いている盗人どもかっ」

右横の男が無言で、彦六の顔を蹴った。

手加減したのだろうが、一瞬、目の前が真っ暗になる。口の中に、鉄を噛んだような味が広がっていった。

「そうともよ。ずいぶん、あっさりと捕まってくれたんで、気抜けしちまったぜ。お頭からは、お前に、たっぷりと生恥《いきはじ》をかかせてから連れて来いと、言われてたんだがな」

「やっぱり、三人の女を拐かしたのは、俺の面《つら》に泥を塗るためだったのかい」

「さすがに、気づいたか。その通りさ」

そのために、三人の人間が死に、今、四人目が窮地に陥《おちい》っていると思うと、彦六は、胸を掻きむしりたい衝動にかられた。

「一体、俺にどんな恨みが……」

「忘れるのは、早すぎるぜ。一月半ばかり前に、鈴ケ森で処刑された御方《おかた》をな」

「外道鬼《げどうき》の吉左《きちざ》か」

「その吉左さんは、寒兵衛のお頭の、実の弟なんだ。どうだ、得心《とくしん》がいったかい」

彦六は、捕縛の時に「兄貴が仇敵《かたき》を討ってくれる……」と言った吉左の捨《す》て台詞《ぜりふ》を、思い出した。

それにしても、あのネクロフィリアの極悪人の兄が、街道筋を震え上がらせている凶暴な盗人一味の頭目だったとは――。

「お前を、お頭のところへ連れてゆく。寒兵衛のお頭は、たった一人の弟の吉左さんを、可愛がってたからなあ。楽には、死なせてもらえねえぜ。きっと、生まれてきたことを後悔するくらい凄い責めにあって、『早く殺してくれ』って泣き叫ぶだろうよ」

「………」

彦六は、髑髏《どくろ》に薄皮を張りつけただけのような明後日松の顔を、睨みつけた。

「文を届けてから、ずっと見張らせていたんだが、お前は感心にも、誰にも文を見せずに、ここへ来たそうだな。てえことは、どっからも援軍は来ないってことだ。さてと――」

明後日松は、大儀《たいぎ》そうに立ち上がる。

「お頭のところへ連れて行く前に、もう一度、この女と楽しませてもらおうかな」

尖った顎をしゃくると、手下の男が、お梅の上体を起こした。

「ひぃ……ひぃずぅ……ひぃず……」

彫金職人の新妻は、ふっくらした唇を震わせて、かすれ声で哀願する。〈水〉と言っているらしい。

「この女には、さらって来た昨夜《ゆうべ》から、塩辛いものばっかり喰わせてある。一滴の水も与えずにな。すると、どういうことになるか……よく見てろよ」

明後日松は、着物の前を開いて、下帯の中から男根をつかみ出した。

細長い二級品だ。だらりとうな垂《だ》れている。

お梅は目を輝かせて、母親の乳房を見つけた乳児のように、その薄汚い男性器にしゃぶりついた。

「よしよし、今、くれてやるぜ」

仁王立ちの明後日松は、腰を突き出して、頬を緩める。

お梅の喉が、せわしなく動いた。何かを飲みこんでいるのだ。

聖液が、これほど大量に長々と射出されるはずがない。新妻が嚥下《えんげ》しているのは、別のものなのだ。

「まさか……」

彦六は、伊丹屋のお紺が、どうして茶を飲まなくなったのか——ようやく、わかった。

なぜ、両親に何をされたか説明できなかったのか——理解した。

女たちは、明後日松の小水を飲まされたのであった。

「んん……む」

幸福そうに吐息をもらした変態漢は、お梅の口から排泄器官を抜き取り、着物の前を閉じた。

強烈な喉の渇きは癒《いや》されたものの、お梅の顔からは、生気が抜け落ちている。それは、舌を噛む前の大庭千秋と同じ表情であった。

心の一部が壊死《えし》したのだ。

「江戸の人間は知らねえだろうが、俺の田舎じゃあ、〈野晒し《のざら》〉って私刑があってな」

屈折した欲望を満たした明後日松は、得意そうに喋った。

「畑の作物を盗んだ奴は、侍だろうが何だろうが、取っ捕まえて裸にし、道端の柱に縛りつけとくんだ。そうやって三日三晩、晒してやるのよ。勿論、飯も水も与えずにだ。運良く雨でも降ればいいが、三日間、晴天続きだと、本当に苦しいらしいぜ」

ちらっとお梅を見てから、明後日松は、話を続けた。

「俺が十五の時だ。旅の若い女が、瓜を盗もうとして捕まってな。真夏の三日間、野晒しよ。その女、喉の渇きに耐えかねて、ついに、見張りの男に『小水を飲ませてくれ』とせがんだのよ。美味《うま》そうに飲んでいたぜ、その女は。あんまり強烈な光景だったんで、俺は、それからずっと不能だよ。だけど、交合よりも、この方が、よっぽど気持ちいいぜ。何しろ、精を放つのは一瞬だが、小水は、その十倍以上も長いからな」

「てめえ……それでも、人間かっ！」

激しい怒りのために、彦六の胃袋は、ねじ切れそうだった。

「立派な人間様よ。面白いぜ、女が壊れていく様《さま》を見るのは。それが、気取《きど》った大店の跡取り娘だったり、凛《りん》とした浪人の妹だったりしたら、なおさらよ。へへへ、へ」

「ぬぬ……」

彦六は全身の筋肉を総動員して藻掻《もが》いたが、骨が軋《きし》んだだけで、縄は切れなかった。

「どうも、剣呑《けんのん》な眼をしてやがる。念のために、そいつの両肘と両膝を砕いておけ。そうすれば、どんな豪傑だって動けなくなる」

「へいっ」

残忍な嗤いを浮かべて、右横の男が、梶棒を振り上げた。

彦六の心臓が縮み上がった——その時、

「動くなっ、北町奉行所の速水千四郎だ！　おとなしく縛《ばく》につけっ！」

本堂に、捕方《とりかた》たちが雪崩《なだれ》こんで来た。その中に、鬼徳と春吉の姿もあった。

たちまち、乱闘が始まった。

「この春吉が、様子のおかしいお前を見かけて、そっと後をつけてくれたんだ。大した手柄だぜ、こいつはっ」

徳兵衛は、彦六の縄を解きながら言った。

「……すまねえな、春吉」

彦六は、ざらざらした声で礼をいう。

「親分………良かったァ……」

春吉は、顔をくしゃくしゃにして、泣き出す。

だが、本堂の一角から、ぱっと火の手があがった。明後日松が、万一のために用意しておいた油壷に、火種《ひだね》を投げこんだのだ。
縁の下にも油壷が置かれていたらしく、非常な勢いで、火の手が走る。
「逃げろっ」
彦六を連れて、鬼徳は、死にもの狂いで走り出した。春吉もだ。
最後の捕方が外へ飛び出した時、火は本堂の屋根に燃え移っていた。
お梅は救出したものの、明後日松たち四人は、本堂の中であった。
「来れるもんなら、ここまで捕まえに来やがれっ！」
狂笑しながら、明後日松は、紅蓮《ぐれん》の炎に呑みこまれてゆく。
業人一味のしぶとさに、彦六は、愕然《がくぜん》とする思いであった。
（業人三魔衆……あと二人いると言ったな）
次に来る敵は、一体、どのような悪逆な外道であろうか。

手柄ノ三

神《かみ》隠《かく》しは蜜に濡れた

1

「おい……もうちっと、気合《きあ》いれねえか」

大工らしい客の男が、息を弾《はず》ませながら、遊女に文句を言った。

彼の腹の下には、首筋に白粉《おしろい》を塗りたくった遊女が、不貞腐《ふてくさ》れたように四肢を投げ出している。年齢は三十近く、腹にたっぷりと脂肪がついていた。

谷中《やなか》の岡場所《おかばしょ》――あまり上等でない遊女屋の、一室である。

畳は赤く焼けているし、夜具は垢《あか》じみて、汗で湿っていた。行灯《あんどん》の油が粗悪なためか、目がちかちかする。

「どてっと寝転がったまま、愛想もくそもねえ。まるで、動かない杵《きね》に向かって、一人で正月の餅《もち》を搗《つ》いてるみてえだ」

「そりゃあ、お目出たくて結構だね」

お亀顔《かめがお》の遊女は、あくびしながら、

「今夜は、あんたで五人目だ。しんどくて、腰の箍《たが》が外れそうだよ。あたしにゃ構わないで、さっさと終わっておくれ」

その投《な》げ遣《や》りな態度にふさわしく、女の内部は荒廃し、弛緩《しかん》しきっていた。

「なんて愛想のねえ言い草だ、まったく」

ぶつぶつ文句を言いながらも、男は、腰を小刻《こきざ》みに動かし続ける。

ある段階まで性的興奮が昂《たか》ぶってまうと、どんな状況でも射精せずにはいられぬ、哀しくて滑稽《こっけい》な男の性であった。

「むむ……も、もう少しだ…」

汗だくになった男が、呻くように言う。

突然――遊女屋全体が鳴動した。

多数の足音が、地鳴りのように荒々しく、階段を駆け上がって来る。

「な、何だっ？……うっ」

驚愕しながらも、男は射出した。

がらっと投げ飛ばすような勢いで、襖が引き開けられた。

「人別改《にんべつあらた》めであるっ！」

土足で乱入して来たのは、捕物支度《とりものじたく》の町奉行所同心と、捕方《とりかた》たちであった。

「貴様ら、無宿者《むしゅくもの》ではなかろうな。二人とも、生国《しょうごく》と住居《すまい》を申せっ」

「へ、へ、へい……あの、あっしは、神田の水で産湯《うぶゆ》をつかった江戸っ子の茂助《もすけ》で……」

女と合体したままで、茂助は、へこへこと頭を下げる。

「ここで何をしておるのだっ」

「何をって……ナニをしてるんですが……」

「早く離れんか、馬鹿者！」

「へいっ」

あわてて抜き出そうとした茂助は、真後ろへ引っくり返った。萎《しぼ》んだ男根や玉袋だけではなく、背後の門まで丸見えになる。

女は、赤黒い股間を隠そうともせずに、げらげら笑った。

同心は、うんざりした顔になって、

「……さっさと、二人とも着物を着ろ」

徳川十一代将軍・家齊《いえなり》の治世――陰暦三月中旬の深夜、南北の町奉行所が協力して、江戸の各所で無宿者狩りが行なわれた。

しかし、それは表向きのもので、一斉手入れの本当の目的は、〈業人《ごうにん》の寒兵衛《かんべえ》一味〉の捕縛であった。

十日ほど前――岡っ引の彦六《ひころく》が、明後日松《あさってまつ》という凶悪犯の罠にはまって捕らえられ、すんでのところで救出された。

町方に囲まれて焼死した明後日松は、業人一味の〈三魔衆《さんましゅう》〉の一人であった。

この事件によって、五街道を荒らし回った凶賊が江戸へ潜入していることが、発覚したのである。

北町奉行所では、岡っ引や情報屋を総動員して、業人一味の所在を探らせたが、有力な情報は得られなかった。

そこで、南町奉行所と共同して、岡場所や安旅籠《やすはたご》、無住《むじゅう》の寺など犯罪者の隠れそうな場所を、一斉手入れしたのである。

だが、無宿者や私娼などは多数、捕まったものの、業人一味は影も形もなかった。

老中《ろうじゅう》や南町奉行に対して面目を失した北町奉行は、一斉手入れを主張した常町廻り同心の速水千四郎《はやみせんしろう》を、謹慎処分とした――。

2

「ねえ、親分。起きてくださいよ」

「……うるせえな、春吉。お前は早く、蛤《はまぐり》でも売ってこいっ」

「厭《いや》になっちゃうなあ。蛤どころか、昼飯用の豆腐だって、もう売り終わりましたよ。もうすぐ正午《ひる》だから、起きてってばァ」

春吉は、背中を向けて寝ている彦六の肩を揺すった。

嬬恋稲荷下――彦六の家の寝間である。

例の南北町奉行所共同の無宿者狩りから、五日ほどが経《た》っていた。

「正午……？　ちょうどいいや、このまま寝てりゃあ、そのうち夜になるだろうよ」

「そんな馬鹿なこと、言ってないで。お昼御飯の支度もしましたから、ね、親分」

春吉が上掛けを剥《は》ごうとすると、

「しっつこいな、お前もっ」

彦六の方から、がばっと上体を起こした。

寝間着は、なしだ。腹に晒し布を巻き、白い下帯を締めただけの半裸体である。

「起きて飯を喰って、それから、どうするってんだ」

「それは……」

言葉を詰まらせた春吉を、彦六は、睨みつける。

「俺だってな、江戸中駆けずりまわって、業人一味をとっ捕まえてえよ。だがな……だがよ。鬼徳の親分から、ああ言われちゃあ、不貞寝《ふてね》でもしてるより他ねえだろうが」

湯島の徳兵衛の許《もと》から独立した彦六は、徳兵衛と同じように、北町奉行所同心の速水千四郎から、岡っ引の手札を貰っている。

つまり、千四郎は、彦六の〈手札親《てふだおや》〉にあたるのだ。

その手札親が、不確実な情報で町奉行の判断を誤らせたという理由で、一ヵ月の謹慎を言い渡されている。

業人一味が江戸へ入ったというのは、捕らえた彦六に、明後日松が得意そうに語ったことだ。

その明後日松と手下どもは、油壷に火を放って焼死しているから、その言葉を証明する者はいない。聞いているのは、彦六だけだ。

あんな駆け出しの岡っ引の話を真に受けて、手柄欲しさに、お奉行に言上《ごんじょう》するとは、速水も粗忽《そこつ》な奴だなな——と町奉行所の中では、笑い者になっているそうだ。

そのため、湯島の徳兵衛は、彦六も謹慎するようにと命じたのである。

「すいません、親分」

春吉は、しょんぼりとして頭を下げる。

「お、お前が謝ることじゃねえや」

たった一人の乾分《こぶん》に八つ当りしたことに、彦六は、さすがに自己嫌悪を感じていた。

「とにかく……俺のことは、放っておいてくれ」

ごろりと横になると、頭から上掛けをかぶってしまう。

しばらくの間、春吉は、盛り上がった上掛けを見つめていたが、何を思ったのか、その中に頭を突っこんだ。

「おいおい、どうしたんだ、一体？」

「おいら頭悪いから……親分が苦しんでる時に、こんな事しか出来ないです……」

春吉――実は、男装娘のお春は、彦六の下帯《したおび》に包まれた部分に、頬ずりをした。

そいつは、まだ柔らかいが、普通の男が勃起したのと同じくらい巨《おお》きい。

「んふ……彦六親分の匂いがする……」

お春は、彼の下帯を緩めると、

「そんな気分じゃねえよ、俺は」

彦六は腰を引こうとしたが、それよりも早く、男装娘は、下帯の脇から飛び出した肉根の先端を、咥《くわ》える。

憧れの男性だった彦六の押しかけ乾分となって、逞しい巨根で女にしてもらい、その後も何度か抱かれたお春だが、吸茎するのは初めてであった。

親分に元気を出してもらいたい――ただ、それだけを願って、健気《けなげ》に男のものをしゃぶる。

彦六は、逃げるのを止めた。横向きの姿勢のまま、片足を〈くの字〉に立てて、お春が舐めやすいようにしてやる。

「親分……これで、いいの？　おいら、初めてだから、よくわからなくて……」

しばらくしてから、男装娘は、口を外して訊いた。

「おう。初めてにしちゃ、上出来だ」

上掛けを持ち上げて、彦六が覗きこむと、

「厭《いや》だっ、見ちゃ駄目っ」

　春吉小僧のお春は、真っ赤になって、男の股間に顔を伏せる。

　彦六は、上掛けを元に戻した。その脇から、黒の川並《かわなみ》を穿《は》いた華奢《きゃしゃ》な下半身が突き出しているのは、妙な光景であった。

「――もう、口に入りきれねえか。だったら、そのくびれた所を舌の先っぽで……うむ。よしよし……抉《えぐ》るようにして舐めるんだぞ……そうだな。次は、先端の切れこみがあるだろう。鈴のような……そこだ。そこをだな、ちょんちょんっと舌先で突いてみろ。……ふふ、悪くねえぜ」

　硬くそそり立った巨砲を、根元から先端へと舐め上げるように――と命じてから、彦六は、男装娘の腰を引き寄せた。

　そして、筍《たけのこ》の皮を剥《は》くように、つるりと簡単に川並を脱がせてしまう。

　下帯は締めていないから、お春の秘密の部分が剥き出しになった。手足は日焼けして浅黒いが、臀部は真っ白である。

　昼日中、上掛けから、若い娘の裸の下半身だけが突き出している様は、実にエロティックであった。

「あっ、こんなに明るいのに……親分、そんな……」

「いいんだ。これで、お相子《あいこ》だ」

　彦六は、恥じる男装娘の股を割って、その付根に唇を近づけた。

　そこは陶器《とうき》のように無毛で、亀裂は赤みを帯びている。花弁は、ごく薄かった。

「お春。お前の可愛い蛤《はまぐり》が、濡れてるぜ」

「ん……親分の意地悪ぅ……」

　上掛けの中から、お春は、くぐもった声で言った。

「いや、形も色も、生娘《きむすめ》の時と同じように綺麗《きれい》なままだ。蛤じゃなくて、これは、姫貝《ひめがい》だな」

「うふふ………嬉しい」

「じゃあ、姫貝のお吸い物をいただくとするか――」

　透明な露の溜まっている秘部に、彦六は、唇をつけた。その露を、わざと音を立てて啜《すす》る。

「あひっ」

　触覚と聴覚の二重の刺激に、男装娘の軀《からだ》は、びくっと反りかえった。

「お春、袋の方も舐めてくれ」

「は…はい……」

　お春は素直に、男の重い布倶里《ふぐり》に舌を這わせた。一対の瑠璃玉《るりだま》もしゃぶる。

　彦六の方も、男装娘の花園に濃厚な口唇愛撫を行なう。

横臥位での相舐め——四十八手では、〈二《ふた》つ巴《どもえ》〉と呼ばれる態位《ラーゲ》だ。

やがて、彦六は、お春の口の中に大量に射出した。青草のにおいのする熱いそれを、娘は、喉を鳴らして飲みこむ。

同時に、お春も達した。花弁を震わせてながら、愛汁《あいじゅう》を噴出する。彦六は、それを一滴も残さずに啜りこんだ。

上掛けを横にのけると、彦六は、娘の軀《からだ》を引き上げた。満足げに潤《うる》んだ男装娘の瞳を覗きこんで、

「——飲んじまったたな」

「うん………」

「不味《まず》いだろう」

「……ううん」お春は首を振った。

「親分のだったら、おいら……どんなものでも、美味《おい》しいです」

「お春……」

彦六は、自分の匂いが残っている娘の唇を吸ってやった。春吉小僧のお春も、夢中で舌を絡めてくる。

と、その時、がらりと表戸が開く音がした。

「——彦さん、いる？」

居酒屋〈若狭《わかさ》〉の、お光《みつ》の声であった。

3

「――嬬恋稲荷下の岡っ引で、彦六といいます。何でも、こちらのお初《はつ》さんが……神《かみ》隠《かく》しにあったそうで？」

「は、はい」

稲田屋万七《いなだやまんしち》の疲れ切った顔に、わずかだが、希望の色が広がってゆく。ひょろりと糸瓜《へちま》のように長い顔をした四十男であった。

「嬬恋町の親分に、わざわざお越しいただいて、申し訳ございません。娘がいなくなって以来、女房は寝込んだっきり。わたくしも、いつ、どんな報せが飛びこむか知れないので、店を離れるわけには参りません。それやこれやで、お光さんにお話ししましたところ、親分にご相談いただけると……」

「稲田屋の旦那。まだるっこしい挨拶は抜きにして、さっさと本題に入ってくださいよ」

彦六の斜め後ろで、刺《とげ》のある声でそう言ったのは、春吉であった。

「馬鹿野郎、てめえは黙ってろっ」

間髪《かんぱつ》をいれずに、彦六は、肩越しに叱りつける。

春吉が不機嫌なのは——お光に邪魔されたために、彦六に本格的に抱いてもらえなかったからだ。

大急ぎで身繕《みづくろ》いした彦六が、お光を迎えている間に、春吉は台所で川並を穿《は》き、口中の聖液の匂いを消すため、あわてて瓶《かめ》の水で含嗽《うがい》したのである。

あたしの友達のお初《はつ》ちゃんが、四日前に消えてしまったの——とお光は切り出した。

お初ならば、彦六も見知っていた。

両国広小路の米沢町にある、〈稲田屋〉の次女で、色白の美しい娘だ。

年齢は十八だという。

八人の奉公人をかかえる稲田屋は、笠店としては、大きい方である。長女は、すでに同業者に嫁ぎ、二十歳の長男がいるので、跡目の心配はない。

お光は、両親が健在だった時には横山町に住んでいて、同い年のお初とは、幼い時からの遊び友達だったという。

四日前の未明に、そのお初が突然、行方不明になったのである。それも、神隠しとしか思えないような、不思議な消え方であった。

江戸時代——人間が消失してしまうという事件は、よくあった。

それが幼い子供や赤ん坊の場合は、人身売買組織の犯行という可能性が高かったが、ちゃんとした大人が理由もなく消えてしまうというケースも、少なくはなかった。

人々は、それらの超自然的な人間消失事件を、〈神隠し〉と呼んだのである。

彦六は、師匠の鬼徳親分に謹慎していろと命じられている。だが、犯罪捜査ではなく神隠しの調査ならば、親分の命令には反しないのではないか――というのが、お光の解釈だった。

家の中で燻《くすぶ》っているよりも、その方がましだと考えた彦六は、不満そうな春吉を連れて、稲田屋へとやって来たのだった……。

「四日前の夜明け前、女房のお直《なお》が後架《こうか》へ行ったついでに、何気なく、娘の部屋を覗《のぞ》いたのです。ところが、お初の姿はなく、夜具も敷いたばかりのように平たくなっていました。それで不審に思ったお高が、わたくしを揺り起こしたのです」

夜具に手を入れてみたが、温《ぬく》もりは全《まつた》くなかった――と万七は言う。

すぐに奉公人たちを起こして、家中を探したが、お初は見つからなかった。

履物《はきもの》は、庭下駄も含めて全《すべ》て揃っていたから、お初が自分から外へ出たとは思えない。着物もなくなってはいないから、寝間着のままなのだ。

すると、誰かがお初を掠《さら》って行ったのだろうか。

隣の部屋に寝ていた二人の下女は、何も気づかなかったという。しかも、裏木戸の鍵は閉じたままだったのである。

それに、身代金目当ての誘拐なら、四日も経っているのだから、とっくにその要求が稲田屋に届けられているはずだ。

無論、稲田屋万七は町役人とともに、町奉行所へ訴え出たが、相手にされなかった。十八にもなる別嬪《べっぴん》なら惚れた男の一人や二人いてもおかしくない、たぶん男と駆け落ちでもしたのだろう、左様《さよう》なものに関わり合うほど町奉行所は暇ではない——と取りつく島もない態度であった。

たしかに、犯罪だという証拠は何もない。

これならば、鬼徳親分の命令を無視したことにはならないが、さりとて、本物の神隠しだとしたら、何処《どこ》からどう手をつけていいのやら見当もつかない。

早くも彦六は、こんな厄介な事件に首を突っこんだことを、後悔し始めていた。

「お願いでございます、親分！」

稲田屋万七は、額を畳にこすりつけた。

「何卒《なにとぞ》、娘を……お初を無事に見つけ出してくださいまし、この通りでございますっ」

「稲田屋の旦那、お手を上げてくだせえ」

困った彦六が、春吉の方を見ると、だからおいらが止めたでしょう——という顔つきをしている。

「……とにかく」彦六は憂鬱《ゆううつ》そうに言った。

「まずは、お初さんがいなくなった部屋っていうのを、見せてもらいましょうか」

4

「――だから、おいらは最初《はな》っから、気に喰《く》わないと言ったのに。彦六親分が、お光さんなかに、鼻の下のばすもんだから」

「喰わねえ？　おい、親爺《おやじ》。この小僧さんは、もう、甘酒はいらねえそうだ。さっさと、お碗を取っ返してくれ」

「おっと！」

春吉はあわてて、甘酒の入った碗を両手でかかえた。

「まだ、半分も飲んでねえのに。意地悪しないでよ、親分」

稲田屋の現場調べを終えた彦六たちは、浜町堀《はまちようぼり》の架かる緑橋《みどりばし》の袂《たもと》にいた。柳の下にいる甘酒売りの玄太《げんた》から、熱い甘酒を二杯、買ったのである。

「てめえが、いつまでも繰《く》り言《ごと》を止めねえからだ。男らしく、過ぎたことは言うな」

すると、春吉は小声で、

「おいらが男なら、親分がさっき、しゃぶったものは何なんだよ……」

「あ？　何か言ったか？」

「いいえ、別に」

そっぽを向いて、春吉は甘酒に専念する。

「ふん。――ところで、玄太。今の話だがな」

「へいへい、稲田屋の娘ですね。ちょっと寂しげな顔立ちだが、なかなかの美人だ。付文《つけぶみ》する奴は、たんといたろうが、身持ちの固い娘でね。駈け落ちするほど深間《ふかま》にはまった男がいるなんて、そんな噂は聞いてませんよ」

昼寝中の牛のように、もっさりとした風貌の玄太は、鬼徳の下《した》っ引《ぴき》の一人だった。下っ引とは、表向きの正業を営みながら、ひそかに岡っ引に協力する者のことをいう。

情報収集や見張りが主な仕事だから、岡っ引との関係は伏せておいた方がよい。その点、熱い甘酒を冷ましながらの会話なら、誰にも怪しまれないはずだ。

もっとも、通りがかりの娘二人が、くすくすと笑っていたのは、男同士で甘酒を飲んでいたからだろう。

「そうか。着物や草履《ぞうり》は、こっそりと用意しておいて、娘が自分から家を抜け出した――と俺は踏んだんだが……。すると、稲田屋を恨んでいる者はいるか」

「あすこの旦那は、商いの腕はまあまあだが、遣手《やりて》ってわけじゃない。総領息子《そうりようむすこ》の時次郎《ときじろう》も、大人しいだけが取り柄の甘ちゃんだし、主人の女房も人は悪くねえ。拐《かどわ》かしって大罪を犯すほど、あの稲田屋に恨みのある奴はいないと思いますがね。奉公人も、あまり質《たち》の悪いのはいないはずです」

「ふうむ。恨みでも金目当てでもねえとすると……やっぱり、神隠しか」

「夜中に、天狗様が娘を引《ひ》っ掠《さら》って行ったんですかね。助兵衛《すけべえ》な天狗様だ」

春吉の口調は、辛辣《しんらつ》である。

「神隠しねえ……待てよ、そういえば」

玄太は、眠そうに垂れ下った瞼を、わずかに持ち上げて、

「諏訪《すわ》町の小間物屋の娘が、急に姿を見せなくなって、何日かしてから、戻って来たと聞きましたぜ。そのまま、寝たきりだとか。たしか……〈美濃屋《みのや》〉のお駒《こま》って娘です」

5

美濃屋は、思ったよりも大店《おおだな》であった。

彦六は、客の多い店の中には入らずに、自分は天水桶《てんすいおけ》の蔭に立って、春吉に番頭を呼びに行かせる。

表へ出て来た番頭は、彦六から「つまらねえ噂を聞いたんだが――」と、じんわり

と問いつめると、顔色を変えて、店へ飛びこんで行った。

さして待つほどのこともなく、今度は店の脇の路地から番頭が出て来て、彦六たちを裏木戸の方へ案内する。

二人が通されたのは、庭に面した離れ座敷で、そこに美濃屋の主人が待っていた。

「他の方ならいざ知らず、捕物名人と評判の彦六親分のお尋《たず》ねとあっては、嘘も隠しもなりません。恥になることですが、正直に申し上げましょう。お駒が神隠しにあって、帰って来たというのは、本当でございます」

主人の信之助《しんのすけ》は、諦《あきら》めたような顔で言った。

「いえ……正しく言えば、帰って来たのではなく、見つけたと申しましょうか」

「見つけた？　どうやって」

「市ケ谷にある祈祷所《きとうじょ》で、巫女《みこ》の冬環《とわ》様という方に、占っていただいたのです」

「巫女の占いねえ」彦六は首を傾げて、

「とにかく、お駒さんが消えた時のことから、話してもらいましょうか」

美濃屋信之助の話によれば——十九歳のお駒が〈神隠し〉にあったのは、十日ほど前のことであった。

内湯に入ったお駒が、あまりにも長湯なので、母親のお松が様子を見に行ったところ、湯殿に娘の姿はなかった。

着物や肌着はそのままだから、幼児ならいざ知らず、十九歳の女が全裸で外へ出たとは考えられない。

表沙汰《おもてざた》にしにくい事態なので、信之助は、近所に知られないように、奉公人たちに命じて、こっそりと娘を捜させた。

だが、お駒の行方は、杳《よう》として知れなかった。身代金の請求もなかった。

娘が素っ裸で消えたなどと町奉行所へ訴え出るわけにはいかない。そんなことをして、もしも世間に知れたら、お駒が無事に戻って来たとしても、嫁に行けなくなってしまう——江戸の商人としては、これが平均的な考え方である。

近所の者には、お駒は品川の親戚の家へ遊びに行っている——と言い繕《つくろ》っておいた。

だが——一日たち、二日たち、さすがに五日も過ぎると、そんな悠長なことは言っておれなくなった。

美濃屋夫婦が、ようやく町奉行所へ訴え出る覚悟を決めた時、出入りの炭屋が、市ケ谷の方に失せ物《うせもの》を当てるのが得意の巫女がいるそうですよ——と教えてくれたのである。

藁《わら》にもすがる思いで、美濃屋と番頭は、市ケ谷へ向かった。

そして、「娘は、池袋村の外れにある辻堂の中にいる」という託宣《せんたく》を下されたのだ。

祈祷所では、五十両という法外な料金を請求されたが、辻堂に娘の姿がなければ、五十両はそのまま返すという。

とにかく、美濃屋たちは駕籠《かご》を雇って、池袋村へ向かった。

お駒はいた、その辻堂の中に。

しかも、失踪時と同じく、一糸まとわぬ全裸のままで。

美濃屋信之助は、失神している娘に自分の羽織をかけて駕籠へ乗せ、途中の古着屋で着物を調達すると、別の駕籠を拾って店へ帰りついた。

医者の診察では、衰弱しているお駒の秘処《ひめどころ》には明らかに性交の痕跡があり、房事《ぼうじ》過多《かた》のため腫《は》れ上っているという。

ただし、お駒は生娘《きむすめ》ではなかったようだし、相手はかなりの巨根の持ち主だが、無理矢理の強姦という訳でもない――という見立てだった。

意識を取り戻したお駒に、母親のお松が話を聞いても、失踪中の記憶はあやふやで、ただ、ひどく巨《おお》きな男根の持ち主に何度も何度も犯されたことだけは、覚えているという。

三日ほどで、お駒は回復したが、鬱《ふさ》ぎこんだまま表へ出ようとはしない。

美濃屋夫婦としても、お駒が立直るまで、黙って見守るしかないという状況であった……。

「なるほどね」彦六は頷いて、

「お駒さんに会わせてもらえますか」

美濃屋信之助は、少しの間、無言で考えこんでいたが、

「――わかりました。しばらく、お待ちください」

彦六たちが、ゆっくりと茶を飲んでいると、地味な着物を着たお駒が、母親と一緒にやって来た。穏やかな丸顔のお駒は、丁寧に挨拶をすると、

「母さんは、あっちへ行ってて頂戴《ちょうだい》」

「でも、お前……」

「いいの。お願いだから」

娘に重ねて言われ、お松は心配そうな顔で、座を外す。これは意外と芯の強い女らしい、と彦六は思いながら、

「厭《いや》なことを訊くかも知れねえが、これも、御用の内だ。堪《こら》えてくれ」

「……はい」

俯いたままだが、お駒は、はっきりと返事をした。

「まず、湯殿で居なくなった時の話を、聞きたい。誰かに連れ出されたのか」

「いいえ。糠袋《ぬかぶくろ》で軀《からだ》を洗っていたら、首の後ろのあたりが、ちくりとして……そのまま気を失ってしまったんです」

「それから――」

「父さんたちに見つけられて、家で目が覚めるまでのことは、ぼんやりとしか覚えていないです。広い部屋に閉じこめられていたような……あの……天狗様にあれをされたことだけは、思い出せるんですけど」

「ほう。相手は天狗かね。顔を見たのか」

「顔ははっきりしないけど……凄く巨《おお》きかったんです。天狗様のあれって……巨きいんでしょう？」

天狗の面の赤く反《そ》り返った長大な鼻は、しばしば、勃起した男根の暗喩《あんゆ》とされる。

だが、本物の天狗を見たことのない彦六には、答えようのない質問であった。

「その回数を覚えているか」

「さあ……でも、天狗様は精力絶倫で、あたし……数えきれないほど気をやってしまいました。あんなこと、初めてです」

彦六と春吉は、顔を見合わせた。

驚いたことに、お駒は惚気《のろけ》ているのだった。

この女が母親を排除した本当の理由に、彦六たちは、ようやく気づいたのである。

「ねえ、親分。また、あの天狗様に会えるでしょうか」

「お前さん、会いたいのか」

「だって……巫女さんに払った五十両を別にしたら、何も被害はないんだし……」

呆《あき》れ果《は》てながらも、彦六は質問を重ねたが、それ以上の情報は得られなかった。

美濃屋信之助が、口止めのために十枚の小判を渡そうとしたが、彦六は「ご心配なく。誰にも喋りゃしませんよ」と言って、それを突っ返した。

表へ出ると、陽は西の空に沈みかけている。

「どうします、親分。例の祈祷所へ行って、冬環って巫女に会いますか」

春吉の言葉に、彦六は首を振って、

「今から市ケ谷じゃ、帰りが遅くなるぜ。それに……お駒の話を聞いてたら、何だか馬鹿馬鹿しくなってきた」

居酒屋の店先で、拭き掃除に使った水を撒《ま》いている赤襷《あかだすき》の少女を見ながら、彦六は溜息をついた。

「色惚《いろほ》けの天狗なんて、汗水たらして捜すほどのこともねえだろう。稲田屋のお初だって、そのうち、ひょっこりと戻って来るかも知れねえよ。そんな気がする」

だが——彦六の予感は、残念ながら外れてしまった。

お初は、死骸で見つかったのである。

6

翌日の午後——彦六が、湯屋へ行って将棋でもさそうと、玄関の草履を突っかけた時、

「お、親分っ」

挨拶も何もなく、いきなり、飛びこんで来たのは、稲田屋万七である。

「どうしました、旦那。お初さんが見つかったんですか」

「見つかりました…いや、居場所がわかったんです。それで、彦六親分っ、一緒に来ていただけませんか！」

早口でまくしたてる万七は、血相が変わっていた。

「それは構わないが、場所は何処です」

「は、はい……お初は、本所の報恩寺橋《ほうおんじばし》の下にいる——と冬環様《とわ》が」

「冬環様？　市ケ谷の巫女さんですね」

稲田屋の口からその名前が出たので、彦六は、いささか驚いた。

「失せ物《うものの》や尋ね人を捜す名人だと、教えられまして……」

「まあ、事情は後で聞くとして、とにかく、本所へ行ってみましょう」

万七は、待たせていた駕籠へ乗りこんだ。

もう一丁駕籠を拾いましょう――と稲田屋が言うのを断って、彦六は、駕籠と一緒に走った。

蔵前通りを今戸の方へ向かい、御厩河岸《おうまやがし》の渡《わた》しを使って、本所へ渡る。

その途中で、稲田屋の話を聞いた。

今朝、いつも来ている納豆売りの小僧が、市ケ谷の方によく当たると評判の巫女がいる――と稲田屋の下女に言った。

その話が、番頭から万七に伝わり、これも美濃屋と同じように藁にもすがる気持ちで、市ケ谷へ出向いたのである。

そして、巫女の冬環に五十両という料金で、亀甲占いをしてもらったところ、本所の報恩寺橋云々という答を得たのだ。

「親分はお若いから、巫女の占いなど馬鹿馬鹿しいとお疑いでしょうが……冬環様の容姿眼力、並の御方《おかた》とは思われませんでした」

「いや。一概《いちがい》に、馬鹿馬鹿しいとは思いませんが……」

渡し船を降りて、武家屋敷の並ぶ通りを行きながら、彦六は言葉を濁《にご》した。

冬環という巫女が、美濃屋の娘の居場所を的中させたという事も言えない。

何しろ、橋の下とは、場所が悪すぎる……。

中野郷横川町の北側から、南の竪川へと一直線に流れる川を、〈横川《よこかわ》〉という。横川には四本の橋が架かっているが、その北から二番目の橋を、〈報恩寺橋〉と呼んだ。別名を清水橋ともいう。

報恩寺橋の袂に近づくと、橋の下で、野良犬が草叢《くさむら》に向かって、しきりと吠えている。

蒼《あお》ざめる万七をそこに待たせて、彦六は、一人で河原へ降りた。

その黒い野良犬が、彦六に威嚇の唸りをあげる。牙を剥き、極度の興奮のために両眼が青く光っていた。

彦六は、懐から〈流《なが》れ星《ぼし》〉を取り出した。

組紐の一方の端に鉄玉が、反対側の端には、紡錘形の手裏剣が付いている。中国の隠し武器〈縄票《じょうひょう》〉に似ているが、鬼徳の乾分時代に、彼が自分で考案したものだ。

独立して、手札親から鉄十手《てつじって》を預けられた今でも、彦六は、この使い慣れた武器を持ち歩いているのだ。

その武器を見て害意を感じ取ったのか、野良犬が、彦六の腕に噛みつこうと、飛びかかって来る。

が、一瞬早く、彦六の投げた鉄玉が、黒犬の鼻に命中した。ぎゃんっ、と甲高い悲鳴をあげて、野良犬は一目散で逃げ出す。

手加減したのである。殺すのは簡単だが、彦六として、稲田屋万七の前で、それは避けたかったのだ。

そして、生い茂った雑草の中へ分け入る。

冬環の占いは的中したらしい。

お初は、そこにいた。

全裸で俯せになり、顔が、ほとんど真後ろを向いている。目は、虚《うつ》ろに開いている。死んでいるのだった。

大きく広げられた下肢の付根は、手荒く蹂躙《じゅうりん》されたらしく、血まみれになっている。

さらに、かなりの力で、首の骨を捻《ねじ》り折られていた。

神隠しの正体は、好色な天狗などではなかった。下手人は、血も涙もない外道《げどう》なのだ。

7

「――親分、ここらしいですぜ」

春吉が見上げた看板には、〈加持祈祷処《かじきとうどころ》〉と書いてある。

市ケ谷柳町の裏通りにある大きな家で、玄関の上には注連縄《しめなわ》が張ってあった。

茜色に染まった西の空に、ひらひらと舞っている黒い影は、蝙蝠《こうもり》の群れだ。

開け放した玄関の土間に入ると、奥の方から、低い呪文のような声が流れてくる。

彦六が案内を乞うと、灰色の袴を穿《は》いた中年女が出て来た。

背丈は並だが、異様に肩幅が広かった。

平家蟹《へいけがに》のように厳《いか》つい顔に、白粉《おしろい》を塗りたくり、古風な束髪《たばねがみ》にしていた。

その女は、金壺眼《かなつぼまなこ》で彦六たちを見下し、

「本日はもう、締め切りでございます。明日、出直して下さいまし」

横柄な態度でそう言ったものだから、

「やいやいっ、この野郎！　誰にものを言ってやがるんでえ！」

春吉小僧が、凄まじい勢いで啖呵《たんか》を切った。

「お町《まち》の十手《じって》を預かっていなさる嬬恋町の彦六親分が、こちらの冬環《とわ》って巫女さんに、御用の筋で訊きてえことがあるんだ！　さっさと呼んでもらおうかっ！」

彦六は、春吉の啖呵が終わるのを待ってから、

「馬鹿野郎。他人様《ひとさま》の玄関先で、大声を上げる奴があるか」

静かに窘《たしな》めると、取次の中年女が、気味の悪い愛想笑いを浮かべた。

「これは失礼いたしました。わたくしは、冬環様のお側《そば》に仕《つか》える志賀女《しがめ》と申します。冬環様は今、占いの最中ですので、親分方は、こちらでお待ちください」

彦六たちは、玄関脇の小部屋に通される。

「ここには前から？」

「いいえ。冬環様が加持祈祷処を開かれて、まだ一月ほどでございます。その前は、京にいらっしゃいました」

「京か」

「さるお公卿《くげ》様のお屋敷内で、加持祈祷処を開いておられたのです」

「それが、どうして江戸へ」

「京は帝《みかど》のおわす地なれど、日《ひ》の本《もと》一の大都市は、やはり、江戸。なれば、苦しみ悩んでいる方も多かろう、その方々をお救いしたいと、冬環様は考えられたのでございます」

「へえ……」

志賀女が運んで来た茶を飲んでいると、護摩堂《ごまどう》の方から、「本当に！　本当に、五日後には戻って来るのでございますねっ」という興奮した声がした。

「………」

彦六は、春吉に向かって、無言で顎をしゃくった。これも無言で頷いた春吉は、目を輝かせて、するりと小部屋から抜け出す。

そして、音を立てずに草履を突っかけて、外へ出て行った。

ややあって――護摩堂から、中年の夫婦者が出て来る。大店《おおだな》の商人らしい。女房の方は、しきりに手拭いで目頭をぬぐっていた。

志賀女に頭を下げて、二人は帰って行った。

素《す》ばしっこい春吉なら、たやすく二人を尾行して、その素性を探り出すだろう。

「お待たせしました。こちらへ」

志賀女の案内で、彦六は、護摩堂へ入った。

十畳ほどの板の間に、護摩壇が造られている。

三十六本の護摩木を井桁《いげた》に組んで護摩炉とし、その上に紙の天蓋《てんがい》を吊してある。霊符《れいふ》を入れた天蓋は、奉書《ほうしょ》を張り合わせて切り込みを入れたものである。

護摩炉の手前の礼盤の左右には、焼供《しょうく》や酒水器《しゅすいき》、塗香器《ずこうき》、鉦《しょう》、榊《さかき》、錐《きり》、獣骨などが置かれていた。

厳密には、神道と密教と修験道では加持祈祷の方法は異なるのだが、町中の巫女や行者となると、その差異は曖昧になっている。

その護魔壇の前に、緋色の切袴《きりばかま》をはいた女が座っていた。

長身である。小袖の上に白の千早《ちはや》をまとい、大振《おおぶ》りの数珠《じゅず》を首から下げていた。

「――冬環と申します」

切り下げ髪の、ボーイッシュな美貌の持ち主であった。眉はくっきりと濃く、鼻梁が高くて、口も大きめである。

「嬬恋稲荷下の彦六って者だが……お前さん、占いで失せ物を捜すのが得意だそうだね」

「冬環様は、武州の御岳《みたけ》神社で修業なされたのでございますよ」

脇から、志賀女が誇らしげに言った。

「拙《つたな》い卜骨《ぼくこつ》でございますが、いささかの成果をあげております」

控えめな口調で、冬環が言う。

「卜骨っていいますと？」

「これですが――」

巫女が差し出したのは、罅《ひび》の入った獣骨であった。

「鹿の肩骨を、長さ五寸、幅四寸に割って磨いたもの。護摩炉で焼いた錐の先端で、この骨を突き、その罅の入り具合で、吉凶を占うのです」

「ほほう」

「本来は、農作物の出来を占うものでしたが、今では、人の運勢や失せ物捜しなど、色々な方面で利用されております」

「これで、神隠しにあった稲田屋や美濃屋の娘の居場所を、的中させたわけだね」

彦六は、ずばりと切りこんだ。

「左様《さよう》でございます」

冬環は、いささかの動揺もなく、答えた。

「美濃屋の娘御《むすめご》は、気の毒な結果になってしまいましたが」

「死んでることまで、わかってたのかい」

「はい」

「だったら、下手人の方も見事に指摘してもらおうかっ」

あまりにも落ち着き払った態度に、彦六が向《む》きになると、脇から志賀女が、

「親分。五十両、お持ちでございますか」

「ご、五十両……」

彦六は返事に詰まった。すると、冬環が、

「それは出来かねます。神隠しは、人の世とは別の者の所業《しょぎょう》。わたくし如《ごと》き未熟者には、どうにもなりませぬ」

「じゃあ、これからも、神隠しの犠牲者は出るってことかい」

「そうなるかも知れませぬ」

「大金を巻き上げて、後のことは知らぬ存ぜぬかっ。結構な商売もあったもんだ！　邪魔したなっ」

憤慨した彦六は、床を踏み鳴らして、護摩堂から出た。

8

嬬恋稲荷下の家へ彦六が帰ってから、半刻《はんとき》——一時間ばかりで、春吉が戻って来た。無論、外は真っ暗になっている。

「ご苦労。いやに早かったな」

「いや、種明かしがあるんですよ」

彦六が出したてやった茶漬けを、春吉は十と数えぬ内に胃《い》の腑《ふ》へ流しこんで、喋りだした。

「あれは、平永町の高島屋《たかしまや》の主人《あるじ》でした」

「高島屋仁兵衛《じんべえ》……油問屋の大店だな。なるほど、市ケ谷からこっちへ帰って来る途中に、相手の家があったのか。で、やはり神隠しだったか」

「へい。高島屋には、二人の子がいます。十一になる総領息子の由松《よしまつ》と、十八になる姉のお路《みち》です」

「消えたのは、どっちだ。姉のお路か」

「へい。仁兵衛夫婦が帰宅してから、運良く、下女が買物に出て来ました。それを、辻に立ってた団子売りで口説《くど》いて、色々と聞き出したんですが——」

春吉が聞き出した話によると——一昨日の深夜、お路は寝間から消えてしまったのだという。

稲田屋のお初の時と同じように、何の痕跡も残さずに、夜具の中から娘は消失した。これを、身代金目当ての誘拐だと考えた仁兵衛夫婦は、奉公人たちに厳重に口止めして、犯人からの連絡を待った。

が、失踪から丸一日が過ぎても、何の要求も連絡もない。今日になって、やはり町奉行所に届けるべきか——と仁兵衛が考えた時、出入りの貸本屋が、市ケ谷に評判の巫女さんがいると、番頭に話した。

番頭からそれを聞いた仁兵衛夫婦は、女房のお蔦《つた》と一緒に、冬環の加持祈祷処に駆けつけた——という訳である。

「それで、冬環の有り難い託宣《たくせん》は、お路は五日に無事帰って来るから、静かに待っていろ——ということで」

「ふうむ」

彦六は、煙管《きせる》を吹かしながら考えこんだ。

「あの冬環や志賀女ってのは、神隠しの仲間でしょうか」

「今度の託宣も的中すりゃあ、そう考えて間違いじゃあるめえ」

彦六は、護摩堂での冬環とのやり取りを、男装娘に聞かせてやった。

「三度続けて、神隠しで消えた者の居場所を言いあてたとなれば、あの加持祈祷処には、江戸中から客が押し寄せるだろう。金を持ってる客だけを選んで、一人から五十両づつ巻き上げれば、あっという間に蔵が建つ……だが、それが目的かな。一応、下っ引の権太《ごんた》に、あそこの見張りを頼んでおいたが」

「いつまでも、そんな出鱈目《でたらめ》が通用するわけはありません。ある程度、金が集まったら、江戸を売る気でしょうね」

「うむ……そうだな」彦六は顔を上げて、

「さっき、出入りの貸本屋が、高崎屋に冬環を薦《すす》めたと言ったな」

「へい。六助《ろくすけ》って野郎です。お路に貸していた絵草紙《えぞうし》を取りに来て、その話をしたんだそうで」

「妙だと思わねえか」

「はあ？」

「思い出してみろ。美濃屋に冬環の話を吹きこんだのが、出入りの炭屋。稲田屋に吹きこんだのが、納豆売りの小僧。そして、高崎屋が、貸本屋……」

「な、なるほどっ」

春吉は、己《おの》が膝を、ぴしゃりと叩いた。

「神隠しのあった店に、まるで見計らったように、冬環のことを吹き込む物売りがいる。こいつは、話が出来すぎですねえ」

「誰かが、炭屋や納豆売りに、金を握らせたに違いない。そいつは、神隠し一味の間違いないはずだ」

「よしっ！　じゃあ、明日から、そいつを見つけ出しましょう」

「おう。今日は、もう帰ってもいいぞ。湯屋へでも行って、ゆっくりと休んでくれ」

彦六は、ごろりと横になった。

「今夜は通夜だが、稲田屋へ線香をあげに行くのは、神隠し一味を捕まえてからだ」

「親分……」

春吉が、にじり寄って来る。

「おいら、高崎屋の下女に誘われちまったよ。今度、逢《あ》いびきしようって」

「ほう。そいつは面白いな」

彦六は、からかうように言った。

「祝言の時には、俺も呼んでくれ。仲人《なこうど》は、徳兵衛親分に頼んでやろうか」

「親分の意地悪っ」

可愛い男装娘は、彦六の胸の上に倒れこんだ。

「姫貝と蛤で、何をどうしろってんだよ」

「痛てえなァ……何事も経験だぜ。喰わず嫌いはよくねえよ、春吉親分」

「馬鹿、彦六親分の馬鹿っ。彦六親分なんて、大っ嫌いだ――」

そう言いながら、言葉とは裏腹に、春吉小僧のお春は潤んだ瞳を閉じて、紅唇を突き出した。

「お春……」

彦六が唇を合わせてやると、お春は夢中で吸ってくる。

そのお春を抱いて、仰向けにすると、彦六は、川並の股間をまさぐった。すでに、そこには、熱い染《し》みが出来ている。

下着をつけていないので、川並越《ご》しに、ふにゅふにゅと柔らかい男装娘の秘丘の感触を、楽しんだ。

「お、親分……もう、我慢できないの」

お春は喘《あえ》いだ。

「欲しいのか」

「うん……あれが、おいらは親分のでっかいあれが、欲しくて欲しくて堪《たま》らないんです……後生ですから、早く、おいらのあそこにぶち込んでくださいな」

すがるような眼差《まなざし》で、お春は懇願《こんがん》する。

加持祈祷処の玄関先で、威勢のよい啖呵を切った時とは、別人のようであった。

「よしよし、今、くれてやるぞ」

手早く川並や着物を脱がせて、お春を全裸にすると、彦六は、彼女の大きく広げた両足を、肩に担ぎ上げた。

お春の柔軟な軀《からだ》は〈くの字〉に曲げられ、秘処《ひめどころ》も後門も、丸見えになる。

彦六は、猛々しくなった巨砲を、蜜の滴《したた》る花園に突き立てた。屈曲位だ。

「ひぁんんん……っ！」

愛しい男の男根で深々と貫かれた男装娘は、白い喉を見せて仰《の》けぞった……。

9

その空き屋敷は、向島の川岸にあった。

大川から屋敷の庭に水を引きこんで、掘割りにし、船で出入りが出来る。

元は旗本の寮だったが、汚職の発覚によって、その旗本が切腹した。家名断絶となったため、今は無人であった。

稲田屋のお初の無惨な死骸が発見されてから、四日後の夜――彦六と春吉は、その屋敷の庭に潜《ひそ》んでいた。

「浪人野郎と冬環が、ここへ入ったのは、間違いねえんだな」

雑草の繁茂する築山《つきやま》の麓《ふもと》で、彦六は、男装娘に囁きかけた。月は痩せているので、

かった。

二人で手分けした聞きこんだ結果、物売りたちを操ったのは、中年の浪人者だとわかった。

春吉は、目をひん剥《む》いてみせた。

「おいらの、この二つの目玉で見たんだから、間違いなんかありませんよっ」

広い庭は闇の底にある。


炭屋も納豆売りも貸本屋も、その浪人に金を貰って、数十軒の大店に冬環の噂をばら撒いたのである。稲田屋や美濃屋などに絞らなかったのは、さすがに、事件と冬環との関連性を薄めるためであろう。

だが、浪人はいつも笠を目深にかぶっていたため、その人相まではわからなかった。ただ、背はあまり高くないが、非常に体格のよい男だというのは、共通の証言である。

それだけの手掛かりでは、百万の人口をかかえる江戸で、特定の浪人を見つける事は、不可能だ。

それで、彦六は下っ引を集め、交代で、冬環の加持祈祷処を見張ることにしたのだ。

今夜、春吉と見張りを交代した彦六が、近くの蕎麦屋で遅い晩飯をとっていると、下っ引の一人が、例の浪人らしい奴が冬環と一緒に出て来た——という。

やはり、一連の神隠し事件に、冬環は関係していたのだ。

美濃屋のお駒の話から考えて、湯気抜きの連子窓《れんじまど》から眠り薬を塗った吹矢《ふきや》を打ちこみ、相手が意識を失ったところで、そっと連れ出したのだろう。他の娘たちも、同様の手口で痕跡を残さずに掠《さら》ったに違いない。

春吉が、その二人を尾行していた。

彦六は、春吉が残した合図を辿って、ようやく、この空き屋敷にやって来たのである。

そして、待っていた春吉と合流して、こっそりと屋敷へ忍びこんだのだ。

下っ引には、万が一の時のために、今までの捜査内容を書いた手紙を、預けてある。

夜明けまでに彦六が自宅へ戻らなかったら、その手紙を鬼徳親分に届けるように――と言いつけてあった。

徳兵衛親分の謹慎命令を破って、神隠し事件を調べている以上、完全に下手人を確定しないと親分に相談できないからだ。

それに、彦六の胸の中には、別の怖ろしい疑惑も生まれている……。

「よし、入るぞ」

彦六は、母屋《おもや》に近づいた。春吉も、遅れずについて来る。

雨戸の一枚が外れていたので、廊下へ上がるのは、簡単だった。手近な部屋へ入った彦六は、押入れを開けると、天井板をずらした。

押入れの襖《ふすま》を閉じて、天井裏に上がる。春吉も、それに続いた。

どんな敵がいるかわからないので、こちらの姿を見られないように、天井裏から各部屋を調べようというのだ。

埃が堆《うずたか》く積もった天井裏を、二人は、蛞蝓《なめくじ》か芋虫《いもむし》のように這い進む。

手拭いで口と鼻を覆ってはいるが、下手をすると、くしゃみが出そうだ。

調べまわっていると、熱い煙が漂っている部屋があった。

静かに、隅の天井板をずらせる。

元は道場だったらしい、二十畳ほどの広さの板張りの部屋であった。

小さな護摩炉が置かれて、そこから、うっすらと煙が上がっている。

「……っ？」

中央の緋毛氈《ひもうせん》の上に、全裸の若い娘が仰臥していた。

その娘に覆いかぶさり、彼女の左足を脇の下に抱えこんで、リズミカルに腰を動かしている者がいる。

娘は、顔立ちや崩れかけた髪型からして、高崎屋のお路に間違いない。

だが、お路は縛られてもいなかった。それどころか、相手にしがみつき、唇の端から涎《よだれ》を流しながら、甘い呻きをあげている。

その十八娘を犯している奴は、鷹の羽根で作ったマスクをして、胸部には革帯を幾重にも巻き付けていた。

そして、腰にはT字型の革バンドを、下帯のように装着している。お路の秘部を貫いているのは、そのT字バンドで固定された巨大な張形《はりがた》であった。

つまり、お路を犯しているのは女なのだ。

引き締まった長身の肉体からして、冬環に間違いない。

女が女を強姦する――何とも異様な光景であった。

お路は、何かの薬物を飲まされているのだろう。

そして、廊下側には、笠をかぶったままの浪人が、端座していた。大刀は、抜き打ちできるように、左側に置いてある。

仮面の冬環の脇にも、脇差と壷があった。

「……………」

春吉が、どうします――という顔で彦六を見た。彦六は、かぶりを振るしかなかった。

今、飛び出しても、お路を盾にされたら、どうにもならない。

冬環は、腰の動きを止めると、壷から蜂蜜のようなものを、掬《すく》いとった。

それを、お路に舐めさせる。娘は、陶然とした表情で、女の指をしゃぶった。

謎の蜜の効果なのか、お路の表情が、さらに蕩《とろ》けてゆく。

冬環は、律動を再開した。そして、激しい動きで、お路を絶頂《エクスタシイ》へ導《みちび》く。

ぐったりと動かなくなった娘の花孔から、ずるりと疑似男根を引き抜いた。彦六のそれに匹敵するほど、巨《おお》きい張形である。

「ふふふ……天竺《てんじく》渡りの大麻の汁と蝦蟇《がま》の油を練りこんだ蜜は、よく効くわ」

大麻には、カンナビノールとカンナビジオール、テトラヒドロカンナビジオールという三種類の物質が含まれている。これらには、強力な幻覚作用と催淫性があるのだ。また、蝦蟇の油――蟾酥《せんそ》には、プロカインの九百倍という知覚麻痺作用のあるブファリンと、LSDに匹敵する幻覚作用を持つブホテニンが、含有されている。

仮面の巫女・冬環は、両者を混ぜ合わせた蜜を、犠牲者に服用させることによって、その意識を溶解していたのである。お駒の記憶があやふやだったのは、そのせいだ。

次に冬環は、お路を四ん這いにさせた。

そして、壷から掬いとった蜜を、紅色の後門に塗りこむ。

かなり深い部分にまで塗りこんだが、指を深々と挿入されても、娘は痛みを訴えない。うっとりした顔つきだった。

それから、冬環は、お路の臀を抱えて、偽りの巨根の先端を、その裏門にあてがう。

体重をかけて、根元まで突き刺した。

「〰〰〰〰っ！」

さすがに、お路は訳《わけ》のわからない悲鳴をあげた。が、冬環は、げらげら笑いながら、娘の臀を残酷に突きまわす。

この仮面の巫女は、同性愛者《レズビアン》でサディストなのであった。稲田屋のお初の局部を破壊したのも、この偽根によってであろう。

天井裏から、その光景を見ていた春吉が、彦六の肩をつかんだ。彦六も、判断に迷う。

が、冬環が、お路を背後から犯しながら、両手で彼女の頭をつかんだのを見た時には、躊躇《ちゆうちよ》している場合ではないと知った。

冬環は、娘の首をひねって殺そうとしているのだった！

「やめろっ！」

埃まみれの彦六は、天井から飛び降りた。春吉も、それに続く。

さすがに、冬環も浪人者も驚いた。

相手に考える暇を与えないように、彦六はそのまま、冬環に向かって突進する。

「ちっ」

笠を飛ばした浪人が、彦六に向かって、凄まじい抜き打ちを浴びせかけた。彦六は、左手に構えていた十手で、辛《から》くも白刃を受け止める。

がっ、と火花が散った。

「お…お前はっ⁉」

その浪人の顔は、厚化粧を落とした志賀女のものであった。志賀女は、男だったのだ。

「今ごろ気づいたか、馬鹿め。俺様は、冬環姐御《あねご》の一の乾分で巳之吉《みのきち》って者だ！」

志賀女——いや、巳之吉は、彦六の軀《からだ》を弾《はじ》き飛ばした。

倒れた彦六に斬りかかろうとした巳之吉の顔面に、何かがぶつかった。

「ううっ」

春吉が、革袋に入れて持ち歩いている、小さな鉄玉を投げつけたのであった。

彦六は、怯《ひる》んだ巳之吉の脛《すね》に、十手を叩きつける。脛を折られた巳之吉は、堪《たま》らず転倒した。

その間に、冬環は、哀れなお路の排泄孔から、疑似男根を引き抜いていた。

脇差をつかむと、一挙動で引き抜いた。刃物の扱いに慣れているのだ。

「死ねっ！」

奇怪な偽根をそびえ立たせながら、冬環は、立ち上がった彦六に斬りかかる。

横へ跳んで、彦六は、その一撃をかわした。

そして、懐から流れ星を取り出す。

その紡錘形の手裏剣を、冬環の顔面に投げつけた。

仮面のために、視野が狭くなっていたのだろう。冬環は、その手裏剣を避けきれず、左目に命中してしまった。

「ぎゃあっ」

眼球の潰れた冬環は、一瞬、仰《の》けぞった。

次に、前のめりに倒れこむと、異様な呻き声が上がる。倒れた拍子に、自分の脇差が胸に突き刺さったのであった。

冬環は、だらしなく口を開いたまま、横倒しになった。絶命したのである。

それを見た巳之吉は、

「冬環様ァ――っ！」

悲鳴に近い叫びをあげて、大刀を心の臓に突き立てた。冬環に殉死《じゅんし》したのだろう。

彦六と春吉は、倒れた巳之吉に近づく。

「おい。お前たちは、業人の寒兵衛の一味じゃねえのか」

彼の胸にわだかまっていた疑惑は、これであった。

「……そうとも。冬環様は、三魔衆の一人だ」

巳之吉は、力のない声で言う。

「だが、もう一人……凄い御人《おひと》が、お前を狙っているぜ……愚図六《ぐずろく》の旦那がな……」

「愚図六？」

「お前はどうせ……最後はお頭《かしら》に殺されるんだ…必ず……必ず殺される………」

ごぼっと血塊を吐いて、巳之吉は死んだ。

「…………」

やはり、業人一味は江戸にいたのである。

高崎屋の娘は、何とか生きたまま助けることが出来た。

しかし——業人三魔衆の最後の一人が、どんな外道かと想像すると、彦六は、胃袋が捻《ねじ》られるような気分であった。

手柄ノ四

血みどろ弁天《べんてん》

1

「まったく、勿体《もったい》ない話だぜ。江戸一番の岡《おか》っ引《ぴき》の彦六《ひころく》親分が、こともあろうに、こそ泥の詮議《せんぎ》なんて。業人《ごうにん》一味の行方も、まだ、わからないってのによ」

ぶつくさと文句を言いながら、後について来る春吉《はるきち》を、

「少しは黙ってられねえのかっ」

彦六は一喝した。

「口の周りに油でも塗りたくったみてえに、べらべら喋りやがって。昼日中の往来《おうらい》で、みっともねえだろうが」

二人が歩いているのは、浅草の蔵前通りである。幕府の米蔵の前にある広い通りなので、こう呼ばれていた。

徳川家齊の治世——陰暦四月初めである。

この季節になると、さすがに午後の陽射しは強く、歩いていると、額と背中にじっとりと汗が浮かんでくる。

先月の末に、業人三魔衆の二人目である冬環《とわ》を倒したものの、まだ、最後の一人の〈愚図六《ぐずろく》〉が残っている。

さらに、頭目の寒兵衛《かんべえ》と、その一党が控えているのだ。

それなのに、町奉行所は、証拠不十分を理由に動いてくれない。前回、南北両町奉行所合同の無宿者狩りで、さしたる成果が得られなかったので、腰が引けているのだ。焦《あせ》る彦六であったが、彼とて、業人一味に関する有力な情報があるわけではない。自然と、他の雑多な事件も扱わねばならなかった。その中の一つが、〈好色泥棒〉事件である。

ここ一月半の間に、江戸のあちこちで、泥棒の被害が報告されている。大店ではなく、普通の職人の家などを狙うために、被害金額も二分《ぶ》とか一両《りょう》とか、景気の悪い数字だ。

ただ、この泥棒は、行きがけの駄賃《だちん》に、その家の女房とか娘に、悪戯《いたずら》をしてゆくのである。

つまり、眠りこんでいる女の乳房を揉んだり、股間を舐めまわしたりするのだ。

それで、女が目を覚まして騒ぐと、あわてて逃げ出す。それで好色泥棒なる呼称がつけられたのだが、どうも、この野郎は、盗みよりも女への悪戯が目的で、忍びこんでいるらしい。

それが証拠に、こいつに入られた九軒の家の女房や娘は別嬪《べっぴん》ぞろい。とても偶然とは思えないから、最初から、美人のいる家を捜して、忍びこんでいるのだろう。

そのくせ、強姦した女は一人もいないのだから、犯罪者にしては気弱な奴だ。

彦六も、縄張り内で被害が出たので、この好色泥棒を追いかけているのだった。

「――ここだな」

彦六が足を止めたのは、黒松町の〈稲田屋〉という小間物屋の前であった。

昨夜、この家に好色泥棒が入ったという噂を、下《した》っ引《ぴき》の一人が聞きつけて来たのである。

「春吉、お前はどうする。聞き込みが厭《いや》なら、豆腐でも売って来るか」

「一緒に行きますよ、おいらと親分は一心胴体だもの」

「だったら、その減《へ》らず口《ぐち》を、しばらく閉じておけよ」

主人の参之助《さんのすけ》は、店にいた。女房のお鶴《つる》もだ。

迷惑そうなのを承知で、上がりこんで話を聞くと、盗まれたのは一分だという。

参之助が、下手人の逃げてゆく後ろ姿を見たが、背が高くて痩せぎすの男だったそうだ。

「で、おかみさんは」

彦六が、ずばりと訊《き》くと、

「はあ」

二十代半ばのお鶴は、小娘みたいに恥ずかしそうに、軀《からだ》をくねらせた。小店の女房には、なぜか、こういう軟体動物か蒟蒻《こんにゃく》の親戚のような女が多い。

だが、ふっくらとして、色が抜けるように白く、なかなか男好きのする顔立ちである。

好色泥棒が狙いたくなるのも、わかるような気がした。

「胸を……乳房をいじりまわされ、噛みつかれたそうです」

三十過ぎの参之助は、女房の代わりに、苦虫を噛み潰したような顔で言った。

「噛みつかれた……？」

彦六の表情が、厳しいものに変わった。

「おかみさん。申し訳ねえが、その噛まれたところを見せちゃもらいませんか」

「お、親分……？」

参之助は憤慨《ふんがい》し、お鶴は真っ赤になった。春吉は、夜叉《やしゃ》みたいな顔つきになる。

だが、彦六に強く言われて、亭主は渋々、承諾した。襟元を開けて、豊満な乳房を見せるお鶴の目は、蕩《とろ》けそうに潤んでいる。

乳房に残った歯形をじっくりと観察した彦六は、礼を言って店の外へ出た。

「親分の馬鹿っ、もう勘当《かんどう》だからね！」

ヒステリー状態になった男装娘の臀《しり》を、彦六は、ぴしゃりと叩いて、

「起きやがれ。どこの世界に、乾分《こぶん》の方が、親分を勘当するって話があるんだ」

「だって……あんな女の胸を見て、でれでれするんだもん」

恨みがましい口調だが、惚《ほ》れた男に臀打ちされた快感に、その頬は上気していた。

「あれもお役目よ」彦六は真面目な顔で、

「いいか、春吉。好色泥棒の手がかりが、つかめたぜ」

2

彦六はその足で、米沢町の久兵衛《きゆうべえ》という男を尋ねた。

久兵衛は、江戸の鋳掛《いか》け屋の元締《もとじめ》の一人である。鋳掛け屋とは、小さな鞴《ふいご》を持って歩き回り、路上で鍋や窯の修繕をする商売だ。

「これはこれは、彦六親分。よく、お越しくださいました」

五十前の久兵衛は、樽のように頑丈そうな軀《からだ》つきをしていた。顔は赤銅色《しやくどういろ》に日焼けしていて、まるで漁師のように見える。

「気のきかねえ野郎だ。親分にお茶なんぞ出してどうする。下《くだ》りものの酒があったろう、あれを用意しな」

「いや、元締。今日は御用の途中だから、般若湯《はんにやとう》をいただくのは、今度にしよう」

「遠慮なさらずに。——そうですか。それで、御用というのは？」

「これを見てくれ」

彦六は、懐から取り出した紙を、久兵衛に渡した。広げると、それは、江戸府内の簡略化した地図で、十の印《しるし》がつけられている。

その印は、好色泥棒が今までに仕事をした家の場所で、一番新しい十個目の印は、無論、黒松町の稲田屋だ。

ここへ来る途中に、彦六が描き加えたのである。

「お前さんが束ねている者の中で、その印の場所を持ち場にしている奴がいたら、教えてもらいたいんだ」

「この十の印、全部ですか」

「そうだ。心当たりがなければ仕方がねえが、後になって思い出されると、ちと面倒なことになる」

彦六は、やんわりと警告した。

「へい、わかっております」と久兵衛。

「友吉《ともきち》……いや、東の三つと南の一つが違うな。多助《たすけ》……仙八《せんぱち》……弥兵衛《やへえ》でもない。うんっ、そうだ。倉松《くらまつ》だ」

「倉松？」

「はい。鋳掛け屋同士の持ち場は、かなり重複していますが、この印の場所をみんな回っているのは、倉松に違いありません。富松町の権助長屋に住んでる、唐傘《からかさ》の骨みてえに痩せた男ですよ」

「独身者《ひとりもの》かい」

「もう三十六ですが、ぼんやりした野郎で、嫁の来手《きて》もありません。吝嗇《けち》なのか女嫌いなのか、岡場所《おかばしょ》にも行かない変り者で」

「そんな奴は、医者にもかからねえもんだ。歯なんぞ、虫歯だらけだろう」

「いや、そうでもありません。ただ、昔、転んで折ったとかで前歯が欠けてるから、貧相な面《つら》が、余計に貧相に見えるんですよ」

「なるほど……倉松は、今日も商売か」

「今日は、堀江町から小舟町あたりを流してるはずです」

「わかった、邪魔したな」

立ち上がった彦六は、ふと気づいたように振り返って、

「言うまでもないことだが、若い衆を堀江町に走らせるような真似はするなよ」

「へい、そりゃもう」

久兵衛は渋面《しぶつら》で頷いた。

外へ出た彦六たちは、堀江町に向かう。

「何がどうなっているのか、おいら、ちっともわからねえ。謎解きしてよ、親分」

男装娘の春吉は、不満そうに口を尖らせた。

立ち止まった彦六は、左の腕を剥き出しにして、春吉の方へ突き出す。

「噛んでみろよ」

「へ？」

「ちょっと噛んでみろ」

「じゃあ、遠慮なく――」

春吉が、がぶりと噛みつくと、彦六はあわてて、男装娘を振りほどいた。

通行人が、何事かと振り返る。

「戌年《いぬ》かっ、おめえは！　鼈《すっぽん》の生まれ変わりじゃあるまいし、誰が、そんなに力いっぱいに噛めと言った！」

「だってぇ……」

「見ろ、これを」

彦六は、左腕にくっきりと残った春吉の歯の痕を見せて、

「噛みつくと歯形が残る。特に、前歯の痕《あと》がな。稲田屋のおかみの胸にも、下手人の歯形が残っていた」

「あっ、それで乳房を見たのか……」

「昨夜の今日だから、はっきりと残ってたよ。二、三日後だったら、消えちまうとこ

ろだったぜ。その歯形は、右の前歯が欠けていたのさ」

「さすが、江戸一の捕物名人だ！　おいら、てっきり助兵衛《すけべえ》な心で見たとばっかり……」

「張り倒すぞ、馬鹿野郎っ」

指先で可愛い乾分《こぶん》の額を小突《こづ》いて、彦六は歩き出した。蕩《とろ》けそうな笑顔になった春吉は、子犬のように彦六のあとを追う。

「で、でも……どうして、鋳掛け屋だと？」

「好色泥棒は、美人のいる家を狙って入ってる。じゃあ、どうやって、広い範囲にわたって、そんな家を捜したと思う」

「そりゃあ……ええと……」

「俺は最初、棒手振《ぼてふ》りだろうと思った。塩とか豆腐とか、味噌とかな。大きな店なら、下女しか出てこないが、小さな店なら、おかみか娘が自分で出てくる。だが、それだと無駄話のひとつもして、顔を覚えられちまう」

大伝馬町の角を曲がりながら、彦六は説明する。

「なるほど。顔や体つきを覚えられたら、悪戯した時に、ばれるかも知れないね」

「だが、鋳掛け屋はどうだ。地べたに筵《むしろ》を敷いて、陽除《ひよ》け埃除けの笠をかぶってる。しかも、自分は座りこんで、客の方は立ってるから、顔は、ほとんど見えない」

「むむ……違いねえっ」

「久兵衛の下の者じゃなければ、他の元締をあたるつもりだったが、運が良かったぜ。──おっと、あれだな」

彦六は、天水桶《てんすいおけ》の蔭にひそんで、そっと路上の鋳掛け屋を見つめる。笠をかぶったそいつは、確かに、骨皮筋右衛門《ほねかわすじえもん》と呼びたくなるほど痩せこけて、ひょろりとしていた。

「春吉」彦六は声を低めて、命じた。

「お前は、この町内の裏手をぐるりとまわって、向こう側の角で待ってろ。俺が、こっちから出て行ったら、お前も何げない振《ふ》りで、ゆっくりと倉松に近づくんだ。いいな？」

3

ふらりと天水桶の蔭から出た彦六は、数珠《じゆず》屋の脇に陣取っている鋳掛け屋に近づいた。

低い箱台に腰かけて、左側に鞴《ふいご》と炭火籠《かご》を置いている。右側には、炭や道具を入れた箱があった。

背後に置いた天秤棒《てんびんぼう》は、普通よりも一尺五寸長く、七尺五寸もある。町奉行所が、火災予防の見地から、軒下七尺五寸以内での火の使用を禁じているので、それを測るためだ。

今、その鋳掛け屋は、小さな鍋を修繕しているところだった。懐に右手を突っこんだまま、彦六は、男の右斜め前に立って、

「精が出るね。あんた、倉松さんだろう」

「へ？　……へい」

倉松は、不安げに、ちらっと彦六を見上げた。

一瞬だが、薄い唇の間から、前歯が欠けているのが見えた。

「俺は、嬬恋町の彦六って者だが――」

春吉も、店を捜しているような様子で、こちらへ歩いて来る。

「稲田屋のおかみは、たしかに色っぽいが、興奮して乳房に噛みついたのは拙《まず》かったな。前歯の欠けた歯形が、はっきりと残っていたぜ」

いきなり、倉松は、手にしていた鍋を彦六の顔面に投げつけた。

彦六は、上体をよじりながら、懐から抜き出した十手《じって》で、その鍋を払い落とした。

その隙に、倉松は立ち上がって駆け出そうとしたが、あわて過ぎて、自分の炭火籠を踏みつけてしまう。

「ひぎゃっ」

化け猫みたいな悲鳴をあげて、倉松は、文字通り、飛び上がった。もはや逃げるどころではなく、火傷《やけど》した右足をかかえて、地面を転げまわる。

「なんて、どじな野郎だ」

呆れ返りながらも、彦六は、倉松を腹ばいにして、その背中に馬乗りになった。

春吉が差し出した捕縄《とりなわ》で、男を後ろ手に縛る。

何事かと集まって来た野次馬を、「何でもねえんだ、行ってくれ」と二丁前の口で、春吉が追い払った。

足の裏が痛いと泣き言をいう倉松を立たせて、彦六は、近くの自身番の方へ歩き出す。

春吉は、鋳掛け屋の商売道具を天秤棒に下げて、その後ろに続いた。

蜆《しじみ》や豆腐を売り歩いている春吉は、天秤棒の担《かつ》ぎっぷりも堂に入っている。

「ねえ、彦六親分。見逃しちゃくれませんか。二度と、悪いことはしませんから」

足の痛みに顔を顰《しか》めながら、倉松は言う。

「ぼけたのか、てめえは。冗談も、ほどほどにするがいいぜ」

「見逃してくれたら、凄い事件を教えますよ。俺のような小物じゃなくて、もっともっと大物のことを」

「大物だと？」

立ち止まった彦六の耳に、倉松は何事か囁《ささや》きかけた。すると、彦六の顔が、急に険しくものに変わる。

「――おい。その話、もう少し詳しく聞かせろっ」

4

その日の夕刻――日本橋通り二丁目の油問屋〈難波屋《なんばや》〉の裏口へ、荷箱を背負った若い小間物屋が入って行った。

勝手口にいた下女に、懐から十手の柄をのぞかせた小間物屋は、彦六の変装である。

驚く下女に、彦六は押しかぶせるように言う。

「旦那は、いらっしゃるかね」

「は、はい」

「ちょっと聞きたいことがある。取り次いでくれ」

居留守を使うことも出来ずに、下女は引っこんだ。彦六の気合勝ちである。

すぐに彦六は、番頭の案内で、奥の座敷へ通された。

大名家や大身《たいしん》の旗本の顧客も多い大店《おおだな》だけあって、町人にしては驕《おご》った造りだった。

好色泥棒の倉松は、嬬恋稲荷下の家に、雁字搦《がんじがら》めに縛って転がしてある。

春吉が、その見張りをしているのだ。

最初は、湯島の徳兵衛に預かってもらうことも考えたが、事件の全体像が判明するまでは、自分の手許に置いた方が良いと決めたのである。

「――お待たせいたしました」

しばらくして出て来たのは、いかにも金勘定にうるさそうな、四十代半ばの男。難波屋の主人・宗右衛門だ。

「早速だが、難波屋さん。三日前の夜中に、大変なことが起こったそうだね」

「ほう……何の事でございましょう」

張り出した額の下で、宗右衛門は、眠そうな目になる。

「とぼけちゃいけねえ。俺も伊達《だて》や粋狂《すいきょう》で、こんな小間物屋に変装なぞするものか。三日前の夜更けに、こちらの一人娘のお峰《みね》さんが拐《かどわ》かされたと聞いて、気を使ったんだ。下手人の一味が、この店を見張ってるかも知れないからな」

倉松が吐いた情報というのは、これであった。

三日前の深夜、倉松は、難波屋の隣にある煮売り屋へ忍びこむつもりだった。そこの娘でお民というのが、倉松の好みのタイプだったのである。

ところが、煮売り屋の裏手に近づこうとしたら、そこに、一人の男が立っているのを見た。

倉松と同じように、黒っぽい盗人装束《ぬすっとしょうぞく》であったから、同業に間違いない。

倉松は、あわてて物陰にひそみ、息を殺していた。すると、小太りの男は、被《かぶ》りものをとって汗を拭くと、また鉄火《てっか》被りにした。

そこで、難波屋の裏木戸が開いて、三人の男が滑り出して来た。二人は、ぐったりと気を失っている娘を、横抱きにしている。

「愚図六《ぐずろく》の兄貴。これが、難波屋の娘でさ」

残りの一人が報告した。愚図六と呼ばれた男は、小さく頷いて、

「よし、ずらかるぞ」

四人の男たちは、足早に闇の中に消えて行った。彼らの足音が聞こえなくなると、すぐに倉松は逃げ出した。娘の誘拐が発覚すれば、難波屋は大騒ぎになって、すぐに岡っ引が駆けつけて来るはずだからだ……。

彦六が、この話を信じたのは、男たちの会話に出て来た〈愚図六〉という名前だった。

それは業人三魔衆の最後の一人の名であり、鬼徳など少数の人間しか知らないはずだ。倉松が、いい加減に作った嘘にしては、出来すぎている。

しかも、他の二人――明後日松《あさってまつ》と冬環《とわ》も、若い娘を掠《さら》っては淫虐な責めを行なう異

常者であった。だとすると、三人目の愚図六も、やはり、娘掠いの凌辱者である可能性が高いのだ。

諦めかけていた三魔衆の情報が、偶然にも飛びこんで来たのである。彦六が勢いこんだのも、無理もない話だった。

こうして、難波屋から誘拐の訴えが出ていないのを確認してから、彦六は小間物屋に化けて、ここへ乗りこんだのである。

「藪《やぶ》から棒に、途方もないお話で……お峰が拐かされたなどと、誰にお聞きになりました。根も葉もない出鱈目《でたらめ》でございますよ」

「出鱈目かね」

全面否定されて、彦六は気色《けしき》ばむ。

「はい。娘は風邪をひきまして、ここ四、五日は、店から一歩も出ておりません。まして、拐かしなどと滅相《めっそう》もない……」

「難波屋さん。お峰さんを掠ったのは、愚図六という凶悪無惨な奴だ。岡っ引や町奉行所には話すな──と脅迫されているのだろうが、大人しく金を払ったからといって、無事に娘さんが戻ってくるという保証はないんですよ。ここは、俺を信じて、すべてを打ち明けちゃもらえませんか」

「困りましたな。お峰は無事だと申しておりますのに」

「そこまで言うなら、お峰さんに会わせてもらいましょうか」

「娘は、まだ熱がありましてねえ」

渋面の宗右衛門は、遠回しに拒絶した。

「旦那、俺も小僧の使いじゃない。こういう物を、お上《かみ》から預かっている以上、この目でお峰さんの無事を確かめるまでは、帰れねえんですよ」

彦六は十手を、難波屋の前に突き出す。

「仕方がありませんな」

番頭に命じて、娘を呼びに行かせた。

さほど待つこともなく、二十歳前のほっそりとした娘が、座敷へやって来る。

「これがお峰でございます。ご不審は解けましたか」

難波屋宗右衛門は、勝ち誇ったように言った。

彦六は怒りを堪《こら》えながら、

「お峰さん、風邪をひいてるそうだが」

「ええ。でも、大分、よくなりました……」

伏せ目がちに答える娘の顔は、蒼《あお》ざめていた。

「それは良かったね。ところで、お前さん、干支《えと》は」

お峰は答えた。その答えは正しかった。

彦六の来訪に驚いて、とっさに、女中か近所の娘を替玉《かえだま》に仕立てたのなら、こう淀みなく返答できるはずがない。

落胆する彦六を見て、難波屋は尊大な微笑すら浮かべる。紙に包んだ金を差し出して、

「親分は、まだお若い。見込み違いも失敗《しくじ》りもございましょう。これは些少《さしょう》ですが、お納めください」

「遠慮しとこう」

彦六は立ち上がった。

これ以上、宗右衛門と話していると、喧嘩になってしまう。

「――おかみさんは、留守かね」

座敷から出る間際に、彦六は振り向いて、訊く。娘の風邪が移ったらしく寝込んでおります――と宗右衛門は、無愛想に言った。

5

夜遅くに、彦六が嬬恋稲荷下の家へ戻ってみると、倉松が顔面蒼白《そうはく》になって、脂汗《あぶらあせ》を流していた。

聞けば、膀胱《ぼうこう》が破裂しそうなのだという。

縄を解いて後架《トイレ》へ行かせてから、途中で買って来た安酒を、たらふく飲ませる。顔面蒼白から茹《ゆ》で蛸《だこ》のように真っ赤になった倉松は、大鼾《おおいびき》をかいて寝込んでしまった。

そいつを後ろ手に縛って境の襖を閉じ、彦六たちはようやく、くつろいだ。

「お前も馬鹿だな。後架《こうか》ぐらい、連れて行ってやればいいじゃねえか」

「でも……縄をほどいて、逃げられたら困るもの」

男装娘の春吉は、拗《す》ねたような口調で言った。

そのくせ、昼間の威勢の良さとは別人のように、でれでれと甘ったれた態度になっている。

「それなら、縛ったままで、お前が用を足してやればいいだろう」

「厭《いや》だもん、そんなのっ」

吐き捨てるように、春吉は言う。

「男のあれに触るなんて、考えただけで、ぞっとするよっ！」

「そんなに厭か」

残った酒を飲みながら、彦六は苦笑した。

「それにしちゃあ、夜となく朝となく、俺のものをいじりたがるのは、どういうわけだ」

「だってぇ……親分のは特別だもの。親分のあれだったら、一日中でもいじっていたい」

胡坐《あぐら》をかいた彦六の膝を撫でまわしながら、春吉は言う。

彦六は、男装娘のうなじをつかんで引き寄せた。接吻すると、口に含んでいた酒を、流しこむ。

春吉は喉を鳴らして、それを飲みこんだ。

「親分……しゃぶらせて」

彦六の股間をまさぐりながら、男装娘の春吉は、おねだりする。

気の強そうなボーイッシュな顔が、幼児のようにあどけない表情になっていた。瞳は、欲情に蕩《とろ》けそうになっている。

「何をしゃぶりたいんだ」

「意地悪ぅ……親分のあれだよ。ねえ、あれしゃぶらせて」

「よし、啌《くわ》えろ」

春吉小僧のお春は、男の正面に蹲《うずくま》り、嬉しそうに、その股間に顔を埋めた。そこにこもった汗のにおいを、胸いっぱいに吸いこむ。

「んん……これよ…このにおいが好きなの」

そして、下帯《したおび》の脇からつかみ出した肉根を、口に含んだ。黒ずんだそいつは、まだ柔らかいが、普通の男性の勃起時と同じくらいのサイズであった。

白い木股《きまた》に包まれた小さな臀《しり》を立て、異教の神に礼拝するような姿勢で、お春は、熱心に熱心に男性器をしゃぶる。

「美味《おい》しい……おいら、この味が……むふ……親分のこれの味が好き……」

彦六は、男装娘の軀《からだ》を横向きにさせた。

そして、木股をつるりと剥《は》いで膝まで下ろし、丸い臀を剥《む》き出しにする。

まだ硬さの残る臀の双丘を、彦六は、ゆっくりと撫でまわした。臀の割れ目も指でくすぐるが、わざと無毛の秘部には触れない。

「むふ……んんぅ……」

そそり立つ巨根を舐めまわしながら、お春は、臀をくねらせた。

「何だ。まだ、何かおねだりか」

彦六が、わざとらしく尋ねる。

「馬鹿ァ……親分て本当に意地悪なんだから……あそこをいじってよォ」

肉茎に頬をこすりつけながら、お春が哀願する。

長さも太さも、普通の倍以上の逸物であった。淫水焼けして、黒々と光っていた。

「あそこって、何処《どこ》だ」

お春は、露骨な呼称を口にした。

「何だと。この助兵衛《すけべえ》娘がっ」

彦六は、ぴしゃりと平手で臀を叩いた。

「きゃっ」

「嫁入り前の娘が、そんな淫らな言葉を口にするとは、何事だ。折檻《せっかん》してやる」

ぱしっぱしっと五発ほど平手打ちをくれると、お春の臀全体が、ほんのりと桜色に色づく。

勿論、手加減しているからで、本気で叩いたら、この可愛い臀は、真っ赤に腫れ上がってしまうだろう。

「ごめんなさい……もう堪忍《かんにん》して、親分。痛いのは……んむぅ……い、厭です」

嘘泣きをしながら、お春は、玉袋に舌を使った。

左右の瑠璃玉《るりだま》を愛《いと》しげに舐める。

「濡れてるな、お春」

赤みを帯びた亀裂からは、透明な秘蜜が溢《あふ》れて、太腿の内側まで垂れていた。

その充血して膨れた花弁を、彦六は、まさぐる。ぬちゃりと肉の花びらが鳴った。

「臀を叩かれて御満子を淫水まみれにするなんて、本当に好色者《スキもの》だな、お前は」

「そうなの。おいらは、いやらしい助兵衛娘なんです。親分に触れられただけで、そこを濡らしてしまう、いけない娘なの。朝から晩まで、親分の黒光りするこれが頭から離れないの。だから、親分……このぶっといので、おいらに、たっぷりとお仕置《しおき》きしてくださいな」

燃えたぎる欲望のために、お春の瞳は、霞《かすみ》がかかったようになっている。

「よし、成敗してやるっ」

木股を脱がせると、彦六は、お春の着物を剥ぎとった。胸から胴に巻いた白い晒《さら》し布だけを残した、半裸体である。

そのお春の軀《からだ》を持ち上げて、胡坐《あぐら》をかいた膝の上に跨《また》がせる。男装娘の濡れそぼった花園を、ずずずず……と灼熱の巨根が貫いた。

「ひぐぅっ！　ふ…深い……深すぎるぅぅ………」

初めての座位に、お春は仰《のけ》けぞった。

しかし、長大な肉の凶器は、その根元まで、きっちりと娘の体内に納まっている。花孔の入口は、極限まで伸び切って、黒い猛獣を迎え入れていた。新鮮な肉襞《にくひだ》が、巨茎を、きりきりと甘く締めつけている。

「大丈夫か、お春」

桜色に染《そ》まった臀の双丘を両手でつかんで、彦六は、娘の瞳を覗きこんだ。

「う、うん……平気だよ」

お春は眉を顰《しか》めながらも、健気《けなげ》に微笑する。

「……ねえ、親分。難波屋の娘が無事だとすると、倉松の話は嘘だったのかなあ？」

気を紛《まぎ》らわせるように、彦六に訊いた。

「身代金を払って帰されたにしちゃあ、早すぎる。それに、お峰って娘の態度も妙だった。寝込んでいるという女房に、何かありそうだが……」

彦六も、挿入《インサート》したまま腰を使わずに、答えた。

が、お春の肉体を貫いた逸物は、いささかも衰えずに熱く脈打っている。

「奉公人たちも、おそろしく口が堅くてな。とにかく、下っ引たちに、交代で難波屋を見張るように言っておいた。それと、猪松《いのまつ》と吉良正《きらまさ》に、難波屋の内情を探るように命じておいたよ。それで、帰りが遅くなったのさ」

「で、おいらたちは……？」

「俺たちには生き証人がいるじゃねえか。あいつを連れて、愚図六を捜すんだ」

倉松は物陰から、愚図六の顔を見ている。耳たぶの長い恵比寿耳《えびすみみ》をした、小太りの男だったという。三十代後半の、大店の商人のような顔つきだったそうだ。

砂浜に落ちた一本の針を捜すよりも難しいだろうが、彦六は、この百万都市の江戸を歩きまわって、その恵比寿耳野郎を見つける覚悟である。

「でも、速水の旦那や鬼徳親分にも内緒で、盗人を連れ歩くなんて……」

お春は、心配そうな表情になる。

速水というのは、彦六に十手と手札を与えた、北町奉行所・常町廻り同心の速水千四郎のことだ。表向きには、岡っ引は町奉行所の下受けではなく、同心の私的な使用人ということになっている。

だから、その岡っ引の不始末は、手札親である同心が責任を持たねばならない……。

「あいつの盗みは十軒で、総額が七両二分。愚図六が見つかれば、約束通り、俺の一存で逃してやるさ」

江戸時代の刑法典である〈御定書百箇条《おさだめがきひやっかじょう》〉によれば、原則として総額が十両を越える盗みについては、斬首《ざんしゅ》と規定されている。

倉松の場合は、盗みと女体への悪戯という二つの罪科があるが、ぎりぎりで死罪を免《まぬか》れるであろう。

「勝手にそんなことをして、もし、ばれたら……」

「お春。相手は、女子供をいたぶりながら殺す極悪人どもだぞ。早く見つけないと、どれだけ犠牲者がでるか、知れやしねえ。俺は、愚図六や業人の寒兵衛を捕まえるためなら、どんな責めでも負う覚悟よ」

「親分っ、親分に何かあったら、おいらも死ぬからねっ」

激情にかられたお春は、彦六の首筋にすがりついて、自ら腰を揺すってしまう。

彦六も、男装娘の臀を両手で持ち上げると、ゆっくりと突き上げた。結合部で捏《こ》ねくりまわされた愛汁《あいじゅう》が白く泡立って、ぬぽっ…ぬぷっ…ぬぽっ……と卑猥《ひわい》な音を立てる。

お春は胸や胴に晒しを巻いたままなので、まるで少年を犯しているような、倒錯的な光景であった。

彦六は、自分も着物を脱ぎ捨てて、下帯を取り去る。そして、結合したまま、仰向けになって両足を伸ばした。

お春は、騎乗位になったわけだ。

「おい、お春。自分で好きなように、臀を振ってみな」

「は、はい……」

排泄の最中のような姿勢の男装娘は、不安そうに臀を動かした。だが、段差の著《いちじる》しい玉冠の縁《ふち》に、己《おの》れの濡れた粘膜をこすり立てられて、「ひっ」と悲鳴をあげる。

「親分、なんか怖いよ……刺激が強すぎて、怖いの……」

「よしよし。じゃあ、俺の方から責めてやろうか」

彦六はリズミカルに、腰を突き上げた。

「あふ…あふ………凄い……おいらのあそこが、裂けちゃいそうだよ……あぁぁ……」

全身を汗で濡らしながら、お春は可愛い声で哭《な》く。上体を起こしていられなくなって、前に倒した。

彦六の広い胸に、晒しの胸を密着させて、唇を求める。彦六は、濃厚な接吻でそれに応えながら、右の中指で結合部の愛汁をすくい取った。

そして、その中指で、剥き出しになっている茜色の排泄孔を、穏やかに揉みほぐす。

「あっ、そんなとこ……厭《いや》だよ、親分」

抗議しようとするお春の口を吸うと、彦六は、舌を深く使って、掻《か》きまわした。

その間に、後門の緊張がほぐれると、ぬるりと中指を差し入れる。ほとんど抵抗なく、第二関節まで、消化器官の末端に埋まった。

抵抗はないが、締めつけはきつい。

「お春……死ぬか」

「う、うう……突いて、突き殺してっ」

男装娘は、明《あ》け透《す》けな言葉を口走った。

彦六は、左手で娘の臀を鷲《わし》づかみにし、右の指を直腸に出し入れしながら、猛烈な勢いで突きまくる。

「だめぇ………んあぁぁぁ――――っ！」

お春は、全身をわななかせて達した。

その若々しい美肉の奥深くに、彦六は、男の精を大量に放った。

6

「兄ィ、ねえ、春吉兄ィったら。もう少し、ゆっくり歩いてくださいよ。俺は、腹がへって腹がへって……」

春吉は、泣き言を並べる倉松の袖を、乱暴に引っぱって、

「しゃきしゃき歩かねえか、男のくせに。だらしねえぞっ」

威勢よく、決めつける。

倉松の帯の後ろには、逃亡防止のために真田紐が結びつけられ、その端は男装娘の帯に結ばれていた。その紐が目立たないように、二人はくっついて歩いているのだ。

「だってよお。昨日も今日も、朝っぱらから、あっちの盛り場からこっちのお寺と、歩いて歩いて歩きづめだ。俺はもう、一年分も歩いたようだぜ」

「豆腐売りのおいらよりも、重い荷をかかえて歩く鋳掛け屋のくせに、だらしがねえな」

「何の。鋳掛け屋の道具は確かに重いが、一日のほとんどは、地べたに座りこんでの修繕だからね。歩くのには、あんまり慣れてねえんだよ。それに、もうすぐ正午《ひる》です

ぜ。ねえ、彦六親分……」

哀れっぽい声で愚痴《ぐち》を言う倉松は、貧相な顔が余計に貧相になっている。

「いいだろう。そこの店に入るか」

三人が歩いていたのは、深川の佐賀町であった。昨日は、日本橋から尾張町、室町あたりをぐるぐると廻り、今日は、本所深川を歩くつもりである。

蕎麦屋に入った彦六は、倉松を目立たせたくないから、切り落としの小座敷へ上がった。おろし蕎麦や玉子蕎麦を注文する。

運ばれて来た蕎麦を、春吉も倉松も、ものも言わずにすすり込む。彦六も空腹は感じていたが、食欲の方は、今ひとつであった。

「その喰いっぷりなら、まだ入りそうだな。好きなのを、頼みな」

育ち盛りの春吉と好色泥棒の倉松は、喜んで二杯目の蕎麦を注文した。

「いやあ、さすがに捕物名人の彦六親分だ。気前がいいねえ」

「見えすいた世辞はやめとけ」

「お世辞じゃございません、本心ですよ。まあ、親分ほど名前が売れていれば、ちょいと店先で十手を見せただけで、たんまりと小遣《こづか》いが…」

「馬鹿野郎っ」

春吉は、倉松の後頭部をひっぱたいた。

「彦六親分は、そんじょそこらの岡っ引とは、訳《わけ》が違うんだ。強請《ゆす》りたかりの真似なんか、するもんか」

「痛てえなあ……懐が暖かそうに見えたから、口が滑ったんですよ。そうか、きっと別に、金の入りどころが…」

今度は、倉松の額を、春吉は思いっきりひっぱたく。

「おめえは大人しく、その蕎麦を喰ってろ！　このお調子者がっ」

「つつつ……そんなに怒らなくても、いいのに」

手札親の同心から、子飼いの岡っ引に渡される給金は、雀の涙ほどしかない。それゆえ、ほとんどの岡っ引は、他に収入の道を確保していた。

たとえば、彦六の師匠にあたる湯島の徳兵衛は、女房のお近《ちか》に〈若狭《わかさ》〉という居酒屋をやらせている。

それに、徳兵衛ほどの古株になれば、毎月、黙っていても縄張り内の大店から付け届けがあるし、揉め事の仲裁などの礼金も、馬鹿にならない。

彦六の方は、鬼徳の乾分だった時には、玄人女《くろうと》や後家《ごけ》の孤閨《こけい》を慰めて、小遣いをもらっていた。

少年の時から、遊女あがりの養母に、ありとあらゆる性のテクニックを仕込まれた彦六は、自由自在に年増女を哭《な》かせることができる。

もっとも——そのために、同業者からは、やっかみ半分に、〈ヒモ六〉などと呼ばれていたが。

実は、独り立ちした今も、そういう女たちとの関係は続いている。

まだ、生活に不自由しないほどの付け届けは来ないし、金以外にも、女たちから得る情報が、しばしば事件の解決に役立つからだ。

彦六に惚れている春吉小僧のお春は、それを知っているからこそ、倉松の言葉に過剰に反応したのだった。

蕎麦屋を出た三人は、相川町の角を左に折れて、八幡橋を渡り、一の鳥居をくぐった。

ここから入船町まで続く、大栄山金剛神院永代寺の門前町を、〈馬場通り〉と呼ぶ。この馬場通りには、江戸でも有名な岡場所《おかばしょ》の一つがあった。

永代寺は、富ケ岡八幡宮の別当《べっとう》である。応神天皇を祭神とする八幡宮は、深川の総鎮守といわれていた。

彦六たちは、二の鳥居をくぐって表門から、境内へ入った。本社へ通じる参道の両側には、掛け茶屋が並んでいる。

境内は、江戸にこれほどの数の善男善女がいるのかと思うほど、大量の参拝客でごった返していた。

「この人出を見ただけで、頭がくらくらして来やがった。親分、一休みしましょう」

「甘えてんじゃねえぞ、こらっ」

春吉は、倉松の痩せた臀に膝蹴りを入れた。

「物見遊山《ものみゆさん》だと思ってんのか。さっき、蕎麦屋で休んだばかりじゃねえか」

「もう……春吉兄ィは、乱暴でいけねえな」

「待て、春吉。そこの茶店に入ろう」

「え？」

彦六は腕組みして、

「考えてみれば、ほとんどの参詣客は、この参道を通るはずだ。闇雲に境内をうろつくよりは、ここに腰をすえて、人の流れを監視していた方がいいんじゃねえか」

「親分がそう言うなら……」

「さすが名岡っ引だね、彦六親分」

「調子づくなっ」

もう一度、春吉は、好色泥棒の膝蹴りをくらわせる。三人は、参道がよく見える縁《えん》台《だい》に腰を下ろした。

注文した茶と団子《だんご》が来た時、表門の方から歩いて来た男が、彦六の前で手拭いを落とした。それを拾い上げる時に、ちらっと彦六の方を見る。

かすかに頷いた彦六は、春吉に「待ってろよ」と小声で言って、立ち上がった。

その男は、早耳屋《はやみみや》――情報屋の吉良正なのである。

7

「里子《さとご》だと……？」

彦六は振り向いた。

「そうなんですよ。今の難波屋のおかみのお徳《とく》は、後妻でしてね。難波屋宗右衛門と一緒になったのは、三年前。それまでは、料理茶屋の仲居をしてたそうです」

岡っ引と情報屋が堂々と会うわけにはいかないので、二人は、掘割のそばの松林の中で話をしていた。ここならば、参道の方から見えにくい。

「で、お徳が十八年前に、宮大工《みやだいく》の若造と出来ちまって産んだのが、お涼《りょう》って娘です。その宮大工は、お徳が妊《はら》んだと知るや、さっさと逃げちまった。仕方なく、お徳は、赤ん坊を大森の百姓に里子に出したんですよ」

「その娘を、難波屋と一緒になってから三年もたって、ようやく引き取ったってわけか」

「後妻の連れ子ですからね。難波屋には、前妻が産んだお峰って跡取り娘がいるわけだから、やはり、お涼を引き取るについちゃあ、色々と揉めたんじゃないですか。尾張藩のご用達《ようたし》まで務める大店ですからね」

狐のように尖《とが》った顔をした吉良正は、皮肉っぽく唇を歪《ゆが》める。どこかの店の番頭のような風体であった。

「とにかく、そのお涼が、こっそり難波屋に引き取られたのが、九日前。近所にも内緒だったのは、しばらく様子を見て、難波屋の娘にふさわしくないと考えたら、すぐに追い出すつもりだったらしいです」

「そして……四日後には、お峰の代わりに、凶賊どもに拐かされたというわけか。何とも、やりきれない話だぜ」

彦六は、難波屋宗右衛門の傲慢な態度を思い出して、胸が苦くなった。

宗右衛門が落ち着き払っていたのも、掠われたのが、実子のお峰ではなく、血のつながらぬ連れ子だったためだろう。後妻のお徳が寝込んでしまったのも、無理からぬ話だ。

お峰が風邪で伏せっていたというのも、第二の誘拐を心配した宗右衛門が、外出を禁止していたのだろう。

「私が、この話を聞いたのは、難波屋に出入りしる貸本屋からです。その貸本屋の本を、お峰とお涼は本当の姉妹みたいに、仲良く選んでいたそうで。帰りぎわに、お涼のことは他言するなと、番頭から口止めされたそうですがね」

そして、今日、貸した本を取りに行ったら、お峰しかいなかった。

それとなく、お涼のことを尋《たず》ねると、狼狽《ろうばい》した様子で大森へ帰っていると弁解したそうだ。

「まだ、お涼は戻っていないか……難波屋が身代金の支払いを拒んで、お涼を見捨てたのかな」

「あるいは、値切り倒して交渉中なのかも知れませんよ。拐かしの一味だって、身代金を値切られても、一文《もん》にもならないよりは、ましでしょうしね」

いや、そんな甘い連中じゃねえんだ——と彦六は胸の中で呟いた。

「とにかく、引き続き、難波屋の内情を探ってくれ。頼んだぜ」

吉良正に包み金を渡してから、彦六は、元の茶屋に戻った——が、愕然《がくぜん》とした。

倉松と春吉が消えていたのである。

8

それより少し前——春吉と倉松は、団子を食べながら、参拝客の群れを見つめていた。

「親爺《おやじ》、ここの団子は美味いな。もう一皿、もらおうか」

　上機嫌の倉松の足を、春吉は踏みつけて、

「調子にのるな。御用の最中だぞっ」

「乱暴だなあ、春吉兄ィは。腹がへっては戦《いく》さができぬ――と、言うじゃありませんか」

「おい、倉松。倉松さんよ」と春吉。

「お前……本当に相手の顔を覚えてるんだろうな。まさか、彦六親分に、いい加減な出まかせを言ったんじゃねえだろうな」

「疑ぐり深いなあ。大体が……あっ」

　倉松は顔色を変えて、春吉の袖を引いた。

「兄ィ、あれ、あれを」

「ん？……おっ」

　見ると、本社へ向かう人々の中に、恵比寿耳をした小太りの男がいるではないか。

「あいつかっ」

「間違いありませんよっ」

　倉松の方も、獲物を見つけた猟犬のように興奮していた。春吉は咄嗟《とっさ》に決断して、茶代を置くと、倉松を連れて男を追う。

松林に彦六を呼びにゆく暇はないし、大声で彦六に報せるわけにもいかない。男を見失ったり、人違いだったりしたら、また、この茶屋に戻ればよいのだ……。

その男は衣服は、上物だった。倉松が話していた通り、身形《みなり》も歩き方も、大店の主人風である。

本社でお参りをした男は、左へ抜けると、境内の中をぶらぶらと歩きまわった。

何しろ人が多く、地味な身形なので、時々、見失いそうになる。だが、本当の大店の主人であれば、供《とも》を連れていないのは妙だ。

「春吉兄ィ、俺は、火傷した足が痛くなってきた……」

「我慢《がまん》しろよ。いいか。ここで、あの野郎を見失ったら、油堀に叩っこんで鯉を捕らせるからなっ」

「鵜飼《うか》いの鵜じゃあるまいし……へいへい、へい」

倉松は、不満そうに口をひん曲げる。

男は、八幡宮の裏手にある油堀の方へ向かった。桟橋から猪牙《ちょき》舟にでも乗るのかと思ったら、右へ折れて、堀沿いに歩いてゆく。

左手は、小舟の行《ゆ》き交《か》う川のように幅の広い堀。右手は、雑木林である。

と、恵比寿耳の男は、雑木林の中へ入った。それを追いながら、（妙だな……）と春吉が考えた時は、もう遅かった。

繋みの中から、三人の男が飛び出して来たのだ。三人とも、職人風の格好をしている。

「しまった！」

春吉は、あわてて帯の真田紐を解いた。腰と腰が繋がったままでは、機敏に動けないからだ。

恵比寿耳の男は薄笑いを浮かべて、手下の首尾を眺めている。

ようやく紐を解いて、春吉は、いつも携帯している革袋に入れた鉄玉を、つかみ出した。匕首《あいくち》を抜いた敵に、投げつける。

「うわっ」

鉄玉が顔面に命中した男は、匕首を落として、仰《の》けぞった。春吉は、さらに別の一人へ鉄玉を投げたが、そいつは素早く躱《かわ》した。

そして、春吉が三個目の鉄玉を投げる前に、猛烈な勢いで肩からぶつかって来る。

「あっ」

体重差がかなりあるので、男装娘は、後方へ吹っ飛んだ。

革袋の鉄玉も、みんな飛び散ってしまった。

したたかに腰を打った春吉は、それでも何とか起き上がろうとしたが、匕首の柄《つか》頭《がしら》でこめかみを強打され、そのまま意識を失ってしまう……。

四半刻《しはんとき》ほどして——彦六は、ようやく、その場所を見つけた。

茶屋の親爺に、いきなり、二人は飛び出して行った——と聞いて、恵比寿耳の男を見つけたに違いないと彦六は直感した。

「これは……」

それで、必死で境内や周囲を、捜しまわっていたのである。

地面には、複数の人間が争った痕跡があった。そして、好色泥棒の倉松が、ぽかんと口を開けたまま、息絶えていた。胸と腹に匕首の傷があり、軀《からだ》の下に血溜《ちだま》りが出来ている。

が、血は、倉松のものだけらしい。

春吉の血と思われるものがないのが、わずかな救いであった。

(だが、奴らに掠われたのなら……女だと知れて、どんな目にあわされるか……)

彦六は、鬼徳や速水千四郎に加勢を求めなかったことを、激しく後悔した。たぶん、愚図六たちは、油堀から船で逃げたのだろう。

そうだとすると、行く先を突き止めるのは、不可能に近い。彦六は、胃袋を締めつけられるような不快感を覚えた。

「……?」

苛立《いらだ》たしげに現場を見まわした彦六は、倉松の左手が、何かで汚れているのに気づいた。

どうやら、倒れた倉松から匕首を抜き取る時に、下手人は彼の右手を踏みつけたらしい。

その時、草履《ぞうり》の裏に付着していたものが、倉松の掌《てのひら》にくっついたのだ。

それは、粘土だった。

(こいつは……ひょっとすると？)

彦六の目に、希望の光が甦った。

9

どこか遠くで、獣の吠え声が聞こえた。

「………ん？」

男装娘の春吉は渋る目を、ゆっくりと開いた。

左のこめかみが、ずきんずきんと強烈に疼《うず》く。ぼんやりと歪んでいた視界に色がついて、次第に、明確になってきた。

眼前で展開されていたのは、悲惨な光景であった。例の恵比寿耳の男に、若い娘が犯されているのである。

そこは、土間《どま》と切り落としの座敷に分かれた、広い瓦工場《かわらこうば》だった。

土間には、粘土の捏《こ》ね場や水桶、瓦を作る仕事台、積み上げた平瓦などがある。

春吉は、その土間の隅の筵《むしろ》の上に、転がされているのだった。無論、後ろ手に縛られて、口には手拭いで猿轡《さるぐつわ》をかまされている。

出入口の板戸が閉じられているので、はっきりしないが、連子窓《れんじまど》から射しこむ光の具合からして、夕暮には、まだ間があるようだ。

春吉が気絶していたのは、おそらく一刻《とき》——二時間くらいだろう。

瓦焼きの工場が集まっているのは、今戸、花川戸、本所の中之郷などである。

切り落としの座敷は八畳間で、強姦現場はそこであった。

その娘は全裸で、後ろ手に縛られ、仰向けにされていた。恵比寿耳の愚図六も裸で、娘の両足を肩に担ぎ上げ、リズミカルに腰を使っている。いわゆる、屈曲位であった。

軀《からだ》を〈く〉の字に曲げられた娘は、骨細だが、胸乳《むなぢ》と臀《しり》は豊かだ。島田髷は乱れて、頬は涙で濡れている。年齢は十代後半——難波屋から掠われたお涼に、間違いあるまい。

「ひゅぐぅ……んぐぐ………」

春吉と同じように猿轡をかまされた娘の口から、不明瞭な悲鳴が洩れる。獣の吠え声だと思ったのは、これだったのだ。

春吉の位置からは、哀れな虜囚《とりこ》の女性器に出入りする愚図六のものが、よく見えた。

そのずんぐりした男根は、無惨にも血に染まっている。お涼は生娘《きむすめ》だったらしい。

三人の手下は、座敷や土間の樽に腰かけて、愚図六の蛮行を見物しながら、酒を飲んでいた。

格好こそ、瓦焼き職人のそれだが、どいつも、二十代半ばから三十前の、遊び人のような顔つきである。

互いの会話から、籐助《とうすけ》、金次郎《きんじろう》、伴造《ばんぞう》という名前だとわかった。

「おや……お目覚めかい、春吉。いや、お春さんか。可愛い小僧姿だね」

お涼を犯しながら、愚図六は、余裕たっぷりに笑った。

「くたばる前に、倉松って野郎が、すっかり吐いたよ。いや、私も油断だった。このお涼を拐かす時に、うっかり被りものを取ったのを、物陰から見てた奴がいたとはね。難波屋の件を探り当てたお前さんたちが、妙な動きをしているので、罠を仕掛けてみたら、まんまと引っ掛かってくれた。まあ、千里眼でもない限り、この隠れ家は見つからないから、お春さんも大人しくするんだね」

そう言って、ずるりと逸物を引き抜いた。

やはり、肉鎗は血染めであった。小太りの体格に似て、ずんぐりと太い。

苦痛から解放されたと思ったお涼は、ほっとした様子である。が、愚図六は、娘の軀《からだ》を軽々と裏返し、四ん這いの姿勢にする。

そして、肉づきのよい臀を高くかかげさせた。

そして、前方の花園ではなく、後方の茶色っぽい窄《すぼ》まりに、肉錐をあてがう。

「うぅ……うぅぅっ」

お涼は、膝で這って逃げようとした。が、愚図六はそれを許さず、彼女の臀を両手でつかむと、背後の門を無理矢理、貫いた。

「――――っ！」

娘は、くぐもった悲鳴をあげる。

「おおお、これは凄い。前の初物《はつもの》もよいが、臀の初物の締まりは、最高ですよっ」

愚図六の言葉に、籐助たちは野卑《やひ》な笑い声をあげた。春吉は正視できなくなって、目を背ける。

恵比寿耳の凶賊は、ざくっざくっ……と容赦なく、お涼の直腸を抉《えぐ》りまわした。

裂けた後門から流れ出した鮮血が、さらに秘部を赤く染めあげる。

十分に楽しんでから、愚図六は、排泄孔の奥深くに、したたかに放った。

満足げに吐息をついて、縮んだものを引き抜くと、ぽっかりと口を開いた孔《あな》から、血の混じった聖液が、どろりと流れ出す。

前後の操《みさお》を蹂躙《じゅうりん》された娘は、放心状態で、ぴくりともしない。

「ふふふ、ふ。お楽しみは、まだ、これからですよ。もっと面白い趣向がありますからね」

股間の後始末をしながら、愚図六は、不気味なことを言う。

彼が顎をしゃくると、松次郎と伴造が、全裸のお涼を建物の奥へ連れて行った。残った籐助が、二枚の畳を土間の中央に並べる。その上に真っ白な布が敷かれ、布の端が畳の下へ折り込まれる。

愚図六は、白の小袖と袴を着こんだ。

何が起こるのかと春吉が、不安そうに見ていると、四半刻《しはんとき》ほどしてから、お涼が運ばれて来た。

彼女も白装束で、髪もきれいに結いなおされている。薄化粧すらしていた。

無論、後ろ手に縛られている。両足首と膝の下の二ヶ所も、紐で縛られていた。

お涼は、白布の上に、春吉の方を向いて、正座させられた。手首と足首を、さらに紐で繋がれて、その姿勢を崩さないようにする。

彼女の前に、三方《さんぼう》が置かれた。その上には、白柄に奉書紙を巻いた短刀があった。

春吉は、喉が引きつるような感じがした。

まさか、愚図六が今からやろうとしていることは……。

「よし、作法通りですね。では、お涼さん、始めますか」

「……?」

前ほどの二重凌辱のショックから醒めやらぬ娘は、事態の深刻さがわからないらしい。猿轡をされたまま、ぼんやりと愚図六を見ている。

愚図六は、彼女の右後ろに位置すると、三方の短刀を手にとった。

「お涼さん。あんたは今から、武家の奥方と同じ厳粛な儀式をやるのだよ。いや、武家の奥方にだって、夫の後を追って喉を突いて自害する者はいても、切腹して果てるなんて人は、千人に一人もいやしない。そういう立派な死に方が出来るのだから、あんたは本当に幸せな人だよ。ふふふ、ふ」

お涼は必死で、抗《あらが》った。

しかし、縛られた上に、三人の男たちに肩や足を押さえられているので、どうにもならない。

愚図六は、落ち着いた動作で、お涼の着物の前を広げた。そして、短刀の切っ先を、剥き出しになった左脇腹にあてがう。

「やめろ——っ!」

春吉は叫んだが、猿轡に阻まれて、ひどく不明瞭な呻きになっただけであった。

短刀は、何の抵抗もなく、左脇腹に侵入した。その短刀は、真一文字に右脇腹まで引きまわされる。

「〰〰〰〰〰っ!!」

生きながら腹を斬り裂かれた娘は、猿轡でも消せぬほど、絶叫した。同時に、腹圧によって、大腸と血が弾け飛ぶ。

凶行はそれでは、治まらなかった。

愚図六は、さらに、水月《みぞおち》に短刀を突き立て、真下へ斬りおろした。

これを〈十文字腹〉という。

応仁《おうにん》の乱の頃には、これが武士の正式な切腹法であったというが、超人的な意志力を必要とする作法である。

臓腑の半ばが体外に流出して、血と未消化物と臓汁がミックスした悪臭が広がった。

さすがに、篠助たちは娘から離れて、鼻や口を手でふさぐ。

だが、愚図六の方は陶然としていた。

短刀を捨てると、娘の十文字の傷口に右手を突っこみ、臓物をつかみ出す。

業人三魔衆の愚図六は、正真正銘の鬼畜外道だったのだ。

唯一の救いは、すでに、お涼がショック死していたことである。

「…………」

春吉は、その一部始終を目撃していた。あまりの凄惨さに筋肉が強ばって、目をそらすことができなかったのである。

その木股の前が濡れて、臀の下に水溜まりが出来ていた。恐怖のあまり、失禁したのだ。

愚図六は着物の前を開くと、湯気を立てている娘の臓腑に男根をこすりつけ、信じられないほど大量の精を放つ。それを見た籐助たちは、土間の隅で嘔吐した。

己《おの》れも血まみれになった愚図六は、ゆらりと立ち上がった。短刀を握って、春吉の方を向く。

「お春さんや。久しぶりに〈血みどろ弁天〉をやって、もう我慢できなくなった。一日に一本づつ指を切り落として、彦六に送ってやるつもりだったが、お涼さんと一緒に、冥土《めいど》へ送ってあげようね。二人なら、三途《さんず》の川も寂しくはないだろう……」

春吉小僧のお春は、全身の肌が泡立つのを感じた。

助けて、親分………っ！

その瞬間、ばーんと板戸が蹴り倒された。

「御用だ、神妙にしろっ！」

彦六と鬼徳が、十手を構えて飛びこんで来た。裏口から捕方《とりかた》たちも、駆けこんで来る。

たちまち、工場の中で、四人の悪党と捕方たちの乱闘が展開された。

彦六は、すぐに春吉に駆けより、縄をほどいてやった。抱き起こして、

「怪我はねえか、春吉っ」

「お…親分……」

春吉は安堵のあまり、気を失いそうになった。どうして、この場所がわかったのか
——と訊く余裕もない。

その時、愚図六が短刀を振りかざして、二人に襲いかかって来た。彦六は、十手で、その短刀を弾き飛ばす。

「くそっ」

形勢不利と見た愚図六は、蹴倒された板戸を踏んで、表へ逃げようとした。

春吉を抱いている彦六は、十手を捨てると、懐から流れ星を取り出した。

右腕を大きく振って、そいつを投げる。

組紐の両端に、紡錘型の手裏剣と鉄玉を付けたそいつは、愚図六の両足に生きもののように巻きついた。

前のめりに倒れた愚図六は、瓦焼き用の平窯《ひらがま》に頭から突っこんだ。

とてつもない叫びが上がった。

生きながら顔面を焼かれた凶人は、全身を痙攣させて息絶える。

人肉の焦げる臭いが、立ち上った。

「外道らしい死《し》に様《ざま》だ………」

彦六は苦い声で呟く。

籐助たちは、もう、捕縛されていた。

助けられなかった娘の無惨きわまる死骸に向かって、彦六と春吉は手を合わせるのであった――。

手柄ノ五

鬼畜《きちく》の宴《うたげ》

1

薄墨を流したように、空はどんよりと曇《くも》っていた。

その曇り空の下、神田川沿いの柳原堤を、葬送の列がゆく。

油問屋〈難波屋《なんばや》〉の娘・お涼《りょう》を、菩提寺《ぼだいじ》の墓地へ葬りにゆくのだった。

十八歳のお涼は、ただの病死や事故死ではない。殺されたのだ。

それも、愚図六という凶盗に誘拐されて、女陰と後門を荒々しく凌辱された挙げ句に、腹を十文字に斬り裂かれるという無惨な最期を、遂《と》げたのである。

お涼は、難波屋宗右衛門の実子ではなく、後妻・お徳《とく》の連れ子であった。

だから、愚図六が要求した身代金の支払いを宗右衛門が拒否し、そのために、お涼は惨殺されたのだと噂されている。

野辺の送りに参列した人々の間に、異様なほど重苦しい雰囲気が漂っているのは、そのためであった。

「――すまねえ、お涼さん」

岡《おか》っ引《ぴき》の彦六《ひころく》と乾分《こぶん》の春吉《はるきち》は、対岸にある柳の木の下で、葬列に手を合わせていた。

「俺たちが、もう少し早く駆けつけていりゃあ……勘弁《かんべん》してくれ」

お涼は、愚図六たちに捕まった春吉の目の前で犯されて、生きたまま腹を斬り裂かれた。

その直後に、愚図六の隠れ家だった瓦焼きの工場へ、彦六たち捕方《とりかた》の一隊が飛びこんでのである。

岡っ引が葬式に行ったら、遺族の悲しみが増すだろうと考えて、焼香を遠慮した二人である。

こうやって、陰《かげ》ながら、お涼を見送っているのだった。

（愚図六の野郎はくたばった。だが、お涼さんが本当に成仏するためには、寒兵衛《かんべえ》たちを一網打尽にしなけりゃ……くそ、あいつら、何処《どこ》に隠れてやがるんだっ）

五街道を荒らし回った残虐非道な強盗団〈業人《ごうにん》の寒兵衛一味〉には、明後日《あさって》松、冬環《とわ》、愚図六という三人の幹部がいた。彼らは、業人三魔衆と呼ばれていた。

どいつもこいつも、相手を嬲《なぶ》り尽《つ》くして殺すことのみに快楽を覚える、良心の欠片《かけら》もない凶人どもなのだ。

その三魔衆は死んだが、肝心の寒兵衛が手下どもと一緒に、健在である。しかも、その隠れ家が一向に判明しない。

彼奴《きゃつ》らが江戸を舞台にして、何か大変な悪事を企んでいるのではないかと思うと、焦燥感に胸が熱くなる彦六であった。

——やがて、葬列が見えなくなると、二人は柳の木から離れた。

「あれ……」

春吉が足を止めて、天を仰ぐ。

「雨か」

「うん。襟首に、ぽつっときた」

すぐに、暗くなった空から、銀糸のように細い雨が音もなく降ってきた。

「少し早いけど、梅雨入りかな」

「いや」と彦六は言う。

「お涼さんの……涙雨さ」

2

「ん………」

全裸の女の紅唇《こうしん》から、甘い喘《あえ》ぎが洩れた。

まだ若い。十代後半だろう。女というよりも、娘というべき年齢だ。

顔の輪郭は卵型で、眉が煙るように淡く、黒みがちの大きな目をしている。鼻も口も小さくて、繊細で儚《はかな》げな美しさであった。

今は、閉じた双眸《そうぼう》の縁《ふち》を赤く染《そ》めて、断続的に喘いでいる。小柄で、胸は豊かだ。その娘と交わっているのは、若衆髷《わかしゅうまげ》の、十代半ばの少年である。肌は雪よりも白く、躯《からだ》は、ほっそりとしている。

股間に男性器を有しているとは信じられないほど、優美な肢体であった。容貌も並ではない。目は切れ長で、睫毛《まつげ》が驚くほど長かった。鼻梁《びりょう》も細くて高い。顎は、すっきりとまとまり、妖艶《ようえん》といってもよいほどの美貌である。

しかし、茶色っぽい瞳と薄い唇には、どこか、冷酷な雰囲気が漂っていた。

名を、夢千代という。

かつては、名護屋《なごや》の蔭郎茶屋《かげろうぢゃや》で客をとっていた。蔭郎とは、〈蔭間《かげま》〉ともいい、十代の少年売春夫を指す。

この時代――男が美少年の肉体を金で買うことは、反社会的な行為ではなかった。それどころか、遊女を買うよりも高級な〈趣味〉とされていた。

蔭郎は、男の客だけではなく、女の客にも躯《からだ》を売る。無論、女の客を相手にする場合は、後ろの部分ではなく、股間の道具を使用するわけだが……。

夢千代は、本当は十八歳だが、童顔で細い肢体のため、十四、五歳に見える。彼の下腹部は無毛で、その薄桃色の男根が、淡い恥毛に飾られた娘の花園に没入している。男根のサイズは小さい。

そこは障子を閉め切った八畳間で、正常位で交わっている二人を、座敷の隅で見物している男がいた。

岩のように逞しく、異様な威圧感を発散する巨漢だった。下帯《したおび》だけの裸体で、全身に熊のように剛毛が密生している。

年齢は四十前後。顔つきは獰猛《どうもう》なほどで、眼窩《がんか》が深く窪《くぼ》んでいる。その奥にある眼には、不気味な青白い光が宿っていた。

伸ばし放題の髪は、うなじのあたりで紙縒《こよ》りで括《くく》っている。

大皿のような杯を持って、酒を飲んでいた。

薄暗い座敷の中に、汗に濡れた肌が密着する音、粘膜がこすれ合う卑猥《ひわい》な音、それに二人の喘ぎ声が、流れている。

ふと、大男は立ち上がって、障子を開いた。

ひそやかに降る雨が、家の裏手にある畑を水墨画のようなモノトーンに変えている。

「雨か……愚図六の弔《とむら》い雨《あめ》だな」

そう呟いた大男は、現場にいた者は女子供でも容赦《ようしゃ》なく皆殺しにするという稀代《きたい》の凶賊――業人の寒兵衛だ。

〈業人〉は、〈業報人《ごうほうにん》〉とも〈業《ごう》さらし〉ともいい、前世に犯した悪業の報いで、現世において恥辱をさらすことをいう。

十代の頃から残虐な犯罪を重ねてきた寒兵衛は、「俺が、現世で悪業を繰り返すのは、たぶん、前世で何か大変な恥をかいた報いだろうよ」と笑い飛ばし、あえて〈業人〉という渡世名《ふたつな》を選んだのである……。

障子を開け放したままにして、寒兵衛は夜具に近づいた。

結合している二人の脇に腰を下ろすと、上になっている夢千代の臀《しり》に手を伸ばす。丸くてなめらかな臀の双丘を、寒兵衛は、ゆっくりと撫でまわす。蔭郎くずれは、その愛撫にうっとりしたように、男根の抽送を止めた。

夢千代は、その美貌と残忍さに惚れこんだ寒兵衛に身請《みう》けされて、今では、稀代《きたい》の大悪党の片腕として働いている。同時に、彼と結合している娘と同じく、寒兵衛の〈情婦《いろ》〉でもあった。

さらに寒兵衛は、夢千代の臀の谷間を開くと、その奥底に隠れていた背後の門を露出させた。赤く色づいて、収縮している。

「あふ……………」

その部分を太い指頭でまさぐられて、夢千代は吐息を洩らした。その様子は、並の女の何倍も色っぽい。

美しい蔭郎くずれの括約筋を揉みほぐしながら、寒兵衛は、自分の下帯を外した。凄まじいほどの巨根である。しかも、茎部が、松の根瘤《ねこぶ》のように節榑立《ふしくれだ》っていた。

寒兵衛は、二人の足を広げさせると、そこに陣取って、赤黒い巨砲の先端を夢千代の後門にあてがう。そして、腰を前へ進めた。

「あうっ！」

「はあぁっ！」

夢千代と娘が、ほぼ同時に呻いた。

剛根が夢千代の排泄孔を深々と抉《えぐ》り、それによって、彼の男根が娘の花孔の奥を突いたからだ。

男二女一のこの性交態位を、中国の性書では〈鳳将雛《ほうしょうすう》〉と呼んでいる。

寒兵衛は、女体も蔭郎の軀《からだ》も楽しむ両性愛者《バイセクシャリスト》なのだ。

「むむ……やはり、夢千代の臀の味は、こたえられねえな。抜群の締まり具合だぜ」

「お、お頭《かしら》ァ……」

夢千代は、首を背後へねじって、接吻を求める。寒兵衛は、その口を愛《いと》しそうに吸ってやった。

そして、ゆっくりと律動を開始する。

ぐちゅっ…ぐちゅっ…ぐちゅっ……と肉の凶器が夢千代の後門に出入りする音がした。

それに唱和するように、じゅぷっ…ぬちゅっ…じゅぷっ……と夢千代の肉根が娘の肉襞をこすり立てる。

「うぐっ……あぐぐ……凄い…お頭……俺、死んじゃうよっ！」

「死ね、夢千代！　俺の肉鎗《にくやり》で死ねっ」

寒兵衛は、夢千代の腸《はらわた》を斬り刻むような激しい勢いで、突いて突いて突きまくった。

その強烈な刺激にたまらず、夢千代は、娘の内部に精を放った。

寒兵衛は、射出する際の夢千代の括約筋の収縮を十分に味わってから、剛根を引き抜いた。

そして、結合したままの二人を軽々と引っくり返して、娘を上にする。勢いを失っている夢千代のものは、ぬるりと女体の内部から滑り落ちた。

寒兵衛は、娘を四ん這いにした。

それから、夢千代の聖液でどろどろになっている娘の花孔へ、ずんっ……と肉の凶器を叩きこむ。

「痛いっ！」

悲鳴をあげる娘の臀肉を、両手で鷲《わし》づかみにすると、寒兵衛は、情け容赦なく責めさいなむ。

四半刻《しはんとき》ほども責めまくり、娘が息も絶え絶えになった頃に、ようやく寒兵衛は、おびただしく吐き出した。

満足気に呻いた寒兵衛は、ずぽっと引き抜くと、仰向けに大の字になる。

夢千代が、いそいそと桜紙で巨漢の下腹部を拭った。

横向き寝ている娘の花孔からは、二人の男の聖液が、どろりと流れ出している。

「夢千代……」と寒兵衛。

「二万両が手に入ったら……唐《とうじん》へでも渡るかな」

「いいですねえ、お頭。唐人の娘は、象牙色の肌をしてるそうですよ。嬲《なぶ》り甲斐《がい》があります」

「そうだな。唐人娘を片っ端から姦《や》り殺して、天竺《てんじく》までも攻めこむか。ふふふ、ふ」

業人の寒兵衛は、狂気そのもの表情で舌なめづりする。

その股間に顔を伏せて、夢千代は、肉根をしゃぶり始めた……。

3

「よう、お光ちゃん。繁盛で結構だな」

暖簾《のれん》をぱっと跳《は》ね上げて、彦六は、店の中を覗《のぞ》きこんだ。

湯島天神下にある居酒屋〈若狭《わかさ》〉――彦六の師匠である徳兵衛《とくべえ》の女房のお近《ちか》が、やって、いる店だ。

紅襷《べにだすき》を掛けたお光の顔が一瞬、明るく輝いたが、彦六の背後に春吉の姿を見つけると、つんと顔をそむけてしまう。

「重《しげ》さん！　お酒、もう一本」

ばたばたと板場《いたば》の方へ駆けこんだお光に、

「ちぇっ、愛想《あいそ》がねえな」

舌打ちした彦六は、顔を引っこめる。

「……………」

春吉は、無言で俯《うつむ》いた。

彦六たちは、店の裏手へまわる。そこにある別棟が、徳兵衛の夫婦の住居なのだ。

「──おう、来たか」

湯島の徳兵衛は金壷眼《かなつぼまなこ》で、じろりと彦六を見た。機嫌が悪いのではなく、普段からこういう目つきなのである。

消し炭を貼りつけたような太くて黒々とした眉、人の二倍はある大きな口、乱杭歯《らんぐいば》、青黛《せいたい》をなすりつけたような濃い髭の剃り跡──〈鬼徳《おにとく》〉という通称がぴったりの、強烈すぎる容貌だ。

神田界隈の住民の間では、鬼徳親分の似顔絵が疳《かん》の虫封《むしふう》じに効く──といわれているほどだ。

「春吉小僧も一緒か。この前は、大変だったなあ」

「へい。鬼徳…徳兵衛親分や捕方衆が来てくださらなかったら、危ないとこでした」

男装娘は、神妙に頭を下げる。

「なァに、死んだ倉松《くらまつ》の手に粘土がついてたことから、瓦焼きの工場に目をつけたのは、彦六だ。それで、油堀から船で行ける工場と考えて、片っ端から捜しまわったのよ。いや、その時の彦六の顔といったら……俺が見ても怖いほどだったぜ。よほど、お前の身が心配だったのだろうよ。何しろ、いくら男の形《なり》をしたおてんばでも、お前は女だからな」

「親分、もう、そのくらいで……」

彦六が、照れくさそうに鼻の脇をこする。

そこへ、お光が茶を運んで来た。

「店が忙しいとこ、済まねえな」

彦六の言葉に、にこりともせずに、

「ごゆっくり」

一度も目を合わせることなく、居間を出て行った。

「どうも、お光坊は機嫌がよくねえようで」

「女だからな。月のうち何日かは、そういう時もあるだろよ。ところで、彦——」

鬼徳は口調を改めて、

「お前が言ってた、あれ……南北のお奉行所とお寺社《じしゃ》が協力しての一斉手入れ《いっせいてい》れだがな。どう考えても、実現の見込みはねえと速水の旦那はおっしゃってる」

「で、ですが、親分！」

彦六は身を乗り出した。

先月の半ばに、南北の町奉行所が合同で無宿人狩りを行なったが、本当の狙いは、寒兵衛一味の捕縛であった。

しかし、岡場所や安旅籠《やすはたご》、空家など、盗人が隠れていそうな場所は、虱潰《しらみつぶ》しに調べたのだが、一味は発見できなかったのである。

そのため、合同一斉手入れの発案者である常町廻り同心の速水千四郎は、謹慎を申し渡されたのだった。

だが、その後に、業人三魔衆の冬環や愚図六が府内に潜伏していたことから、先の手入れが不完全だったことが判明した。

それで、彦六は、南北町奉行所だけではなく、寺社奉行も協力する一斉手入れを、速水千四郎に頼みこんだのである。

「わかってるよォ」

徳兵衛は煙管《きせる》を吹かした。

「俺だって、あの難波屋の娘の無惨な死骸を目のあたりにしたんだ。切羽詰《せっぱつ》まってじゃなくて、面白半分に人を虫けらのように簡単に殺す奴らを……寒兵衛一味を許せねえって気持ちは、お前と同じよ」

「……」

「旅籠や空家だけじゃなくて、神社仏閣まで根こそぎ調べれば……いや、本当はお目付《めつけ》の許可を得て、旗本屋敷や大名屋敷の中間《ちゅうげん》部屋まで調べれば、必ず、寒兵衛一味は見つかるっていう、お前の意見はもっともだ。俺も、旗本屋敷の中間部屋あたりが臭いと思う。だがよ、彦」

さらに、徳兵衛は煙草を吹かして、

「それは、俺たちのように、命を的《まと》にして悪党を追っかけてる人間の考えることで、お屋敷や江戸城の奥にいらっしゃる方々の考えは、また別物よ」

「どう別物なんでしょう」

彦六は、喰ってかかるように言う。

「お役人というのはな、何よりも失敗を嫌うのさ。積極的に何かして失敗すると、それが出世の命取りだ。仮に、寺社地から武家地まで徹底的に手入れしたとしてだ……もしも、寒兵衛一味が見つからなかったら、どうなる?」

「それは、親分……」

「まあ、聞け。俺は、たとえ寒兵衛一味が捕まったとしても、お旗本やお大名から町奉行所に苦情が殺到すると思うぜ。まして、一味が捕まらなかったら、お奉行様は軽くてお役御免《やくごめん》だ。下手《へた》をすると、切腹だよ。旦那だって、無事じゃすまねえ。お役人の世界では、何もしないのは罪じゃねえが、何かして失敗したら、きっちりと責任をとらされるんだ」

「……で、ですが……寒兵衛たちが、この江戸で何か大仕事を企んでることは、間違いないんですよ」

「俺は、お前の勘を信じてる。速水の旦那も、信じてる。だけど、それだけじゃ、どうにもならない事があるのさ」

「………………」

彦六は唇を噛みしめると、自分の膝を拳で叩いた。

「……寒兵衛一味が事を起こせば、罪のない町の衆が何人も……何人も命を奪われるんですぜ、親分」

「そうだ。だが、今は何もできねえ」

徳兵衛は、長火鉢《ながひばち》の引き出しから紙包みを取り出すと、彦六の膝の前に放った。がっしゃと重い音がして、破れた包みから、十枚の小判が顔をのぞかせる。

「――――？」

彦六が不思議そうに顔を上げると、

「速水の旦那からの伝言だ。くれぐれも出すぎた真似はするなよ、彦」

鬼徳は、にやりと笑った。

4

「親爺《おやじ》。一杯、もらおうか」

彦六は、辻に立っている物売りに、声をかけた。荷箱には〈枇杷葉湯《びわようとう》〉と書いてある。

「へい、まいど」

牛のようにもっさりした容貌の親爺は、薬罐《やかん》から湯呑《ゆの》みに枇杷葉湯を注《つ》いで、彦六と春吉に渡した。枇杷葉湯は、暑気を払い、寝冷や頭痛、眩暈《めまい》に効果があるという薬湯だ。

「――どうだい、難波屋の動きは」

そこは日本橋通りで、枇杷葉湯売りが立っている辻からは、油問屋〈難波屋〉の店先がよく見える。難波屋は、お涼の初七日が開けた時から、営業を再開していた。

「へい。今のところ、変わった事はありませんや」

この眠そうな目をした男、名を玄太《げんた》という。鬼徳の下《した》っ引《ぴき》の一人である。冬から春先までは熱い甘酒、初夏から秋にかけては枇杷葉湯を売りをしながら、ひそかに徳兵衛や彦六の探索に協力しているのだ。

「ですが、彦六親分のいう通り、あの店の雰囲気はおかしいですよ」

「ほう。どんな風に」

熱い薬湯を冷ましながら、彦六は訊《たず》ねる。

通行人が見ても、何ら違和感のない風景であった。

「あんな事件のあった後《あと》だから、陽気なわけはねえが、番頭《ばんとう》や手代《てだい》が妙に、ぴりぴりしてやがる。さっきも、店前への水の撒《ま》き方が悪いと、番頭の源助《げんすけ》が、凄い剣幕《けんまく》で怒鳴りつけてました。いつもは、もの柔らかな男だそうですがね」

「………」

「外出から戻った主人の宗右衛門も、汗の拭き方が普通じゃなかった。まるで、目に見えない汚れがこびりついてるみてえに、何度も何度も手拭いで額や首筋をこすっていましたよ。人に言えない秘密をかかえこんだ人間は、よく、あんな具合になるものですぜ」

「なるほどな。その調子で、交代の弥蔵《やぞう》が来るまで、しっかり頼むぞ」

彦六は、薬湯の代金とは別に、一朱銀を玄太に渡した。数日前に、鬼徳から渡された十両の一部で、残りは、もう僅《わず》かであった。

「有難《ありがと》うございました、またどうぞ」

その声に送られて、彦六と春吉は、辻から離れる。

それから、彦六たちは難波屋の周囲を一周して、要所要所に配置してある見張りの下っ引と、合図のやりとりをした。

「……ねえ、親分」

日本橋を渡って室町の通りを歩きながら、春吉が遠慮がちに言った。

「本当に、難波屋は何か秘密をかかえてるんでしょうか」

「何だよ、また、その話の蒸《む》し返《かえ》しか。つくづく、しつこい奴だな、お前も」

彦六は苦笑した。

彼の疑念は、こうである——三魔衆の明後日松も冬環も、何人もの若い娘を拐《かどわ》かしては、身代金を請求した。

そして、陰惨な凌辱を加えて、娘たちを殺したり自殺に追い込んだりしていた。

ところが、愚図六が拐かしたのは、難波屋のお涼、ただ一人。

しかも、身代金をとることもなく、惨《むご》たらしい手口で、お涼の命を奪っている。

では、何のために、難波屋の寝間から手間暇《てまひま》かけて、お涼を誘拐したのであろうか。

お涼は、それなりの容貌の娘ではあったが、絶世の美女というほどではない。

どす黒い快楽殺人の衝動を満たすためなら、もっと簡単に手に入る娘で十分だろう。

そこに、何か裏があるような気がする。

彦六は当初、お涼を人質にとって、難波屋に何かを強制したのではないか――と考えていた。

しかし、それなら、人質が惨殺された時点で、難波屋宗右衛門が彦六たちに、脅迫の内容を打ち明けてもいいはずだ。

（もっと何か、入り組んだ裏があるに違いねえ……）

それで彦六は、自分の一存で下っ引たちを総動員して、昼夜交代で難波屋を見張らせているのだ。

もしも、難波屋に秘密があるとしたら、必ず、寒兵衛一味が接触するはずだ。

そのため、主人の宗右衛門や女房のお徳、番頭の源助、手代の新三郎《しんざぶろう》など主《おも》だった者が外出する時には、必ず、尾行をつけている。

だが――そのための費用が馬鹿にならない。

「俺は、ちょいと用事ある。じゃあな」

彦六は、春吉にが問い返す隙を与えずに、さっと歩き去った。

「親分の……馬鹿」

彼の〈用事〉の内容を知っている男装娘は、ぽつんと呟いた。

5

女たちは、悦声《よがりごえ》をあげている。

「あぐっ、あふっ……ああ、彦さん、も…もっと、突いて……」

「んんぅ……そこ、そこを舐めてェ」

浅草寺の門前町にある出合茶屋《であいぢゃや》の一室——六畳間の真ん中に敷かれた夜具の上で、二人の女と一人の男が痴戯《ちぎ》に耽《ふけ》っているのだ。

無論、三人とも全裸だった。

仰向けになっている男は、彦六である。

若旦那風の優男《やさおとこ》だが、裸になってみると、意外に引き締まった軀《からだ》つきであった。

彼の腰の上と顔の上に、二人の女が向かい合う形で、跨《また》がっている。女たちは三十前後で、顔も似通《にかよ》っていた。

それもそのはず、二人は実の姉妹で、騎上位で彦六と結合しているのが、姉のお梶《かじ》。彦六に女陰を舐められているのが、妹のお波《なみ》だ。

お梶は三十一歳、お波は二歳下である。

「お波ィイ……」

「おぅ……ね、姉さん……」

年増の姉妹は、熱い口づけを交《か》わす。

二人は、深川でも有名な船宿〈時雨《しぐれ》〉の娘として生まれた。

姉娘のお梶は、十五の時に婿をとり、六年後に父親が亡くなったので、夫の参次郎《さんじろう》が時雨の主人となった。ところが、お梶が二十七の時、参次郎は妾宅《しょうたく》で河豚《ふぐ》にあたって急死。

それから再婚もせずに、お梶は、女主人として時雨を切り回している。

妹のお波は、十七で彫金師のところへ嫁入りしたが、この敬吉《けいきち》という男は大変な道楽者《どうらくもの》だった。

ろくに仕事もしないくせに、博奕《ばくち》に溺《おぼ》れて、妻を虐待する始末。

ついには、博奕仲間に、火《ひ》の見櫓《みやぐら》の上から飛び降りたら五両やると言われて、それを真《ま》に受けて、死んだ。

寡婦《かふ》になった二十六歳のお波は、実家の時雨に戻り、それからずっと姉を手伝っている。

「ん、んん……お波、好きよ」

「あたしも…あたしも姉さんが好き……」

二人は互いの唇を貪《むさぼ》りながら、唾液を啜《すす》りこんだ。

この姉妹、実は、子供の時からのレズビアンなのである。つまり、同性愛近親相姦というわけだ。

寒い冬の夜に行った相互手淫の快感が忘れられなくなり、両親の目を盗んでは禁断の行為を繰り返し、ついには、姉妹レズの泥沼にどっぷりと浸かったのである。

お梶の夫の参次郎が、妾《めかけ》を囲って河豚の肝を喰ったのも、お波の亭主の敬吉が博奕に手を出して自殺同然の死に方をしたのも、実はといえば、姉妹レズが原因だった。

二人とも妻から同衾《どうきん》を拒否され、夫婦の行為がほとんどなかったので、自暴自棄《じぼうじき》になってしまったのである。

だが、お梶にもお波にも、罪の意識は全くなくて、邪魔者の夫が消えたのを幸いに、誰に遠慮することもなく、爛《ただ》れた近親相姦の蜜戯に耽《ふけ》っていた。

それが半年ほど前、船宿で暴れた浪人者を取り押さえ彦六を、お梶が見初《みそ》めたのである。

面喰《めんく》いのお梶は、妹に内緒の摘《つま》み食《ぐ》いつもりで、彦六と寝た。が、彼の巨砲と卓抜したテクニックに翻弄《ほんろう》されて、生まれて初めて、本当の〈男の味〉を知らされた。

これに嫉妬した妹のお波も、お梶の強い勧めで彦六に抱かれると、強烈な喜悦に我を忘れてしまった。

こうして、年増だが深川でも評判の美人姉妹は、彦六の女体人脈のリストに加わっした。


「そろそろ、極楽送りにしてやるぜ」

彦六は、お波の秘部から口を外すと、愛汁《あいじゅう》に濡れた親指を、彼女の臀《しり》の孔《あな》に挿入したのである……。

さらに、お梶の花孔を、真下からエネルギッシュに突き上げる。

「はうっ、はうっ……裂ける！　胃《い》の腑《ふ》まで突き破られちゃうよォォ……っ！」

姉は全身をおののかせて、達した。

彦六は、その内部に、たっぷりと放つ。

ほぼ同時に、後門の奥に親指を突き入れられた妹も、背中を痙攣《けいれん》させながら、大量の透明な蜜液を噴き出した。

美人姉妹は、ぐったりとして、彦六の両側に横になる。汗まみれであった。

お梶の女陰は、ぽっかりと口を開いたままで、内部から白濁した聖液が、どろりと流れ出している。

彦六は、桜紙を使って自分の股間の後始末をした。それから、お梶とお波の後始末もしてやり、手拭いで汗もぬぐってやる。

「ありがとう、彦さん」

「彦さんて、本当にやさしいんだから」

「どうかな。見かけがやさしい男は、芯は薄情だというぜ」

「まあ……ふふふ。これは、今日のお礼よ」

お梶は、畳んだ着物の中から取り出した紙包みを、男に渡した。彦六は礼を言って、それを夜具の下を押しこむ。

重さからして、五両というところだな……と彦六は胸の中で、呟いた。

「彦さん。今度は、あたしたちが……ね」

「ご奉仕させて」

お梶とお波は、両側から、彦六の下腹部に舌を這わせた。

射出を終えた彼の男根は、柔らかくなり項垂《うなだ》れているが、普通の男性の勃起したそれよりも巨《おお》きい。大勢の女体を貫いてきた証拠に、どす黒く淫水焼《いんすいや》けしている。

青草のような匂いを放っている肉根の先端を、お梶は咥《くわ》えた。舌を鳴らして、しゃぶる。

お波の方は、重く垂《た》れ下《さが》った布倶里《ふぐり》を、舐めまわした。

自分の股間の道具を舐めしゃぶる美人姉妹を、醒《さ》めた目で眺めながら、彦六は、さっきの五両で、どれだけの下っ引を確保できるか——と考えていた。

湯島の徳兵衛の乾分だった時からずっと、彦六は、金を持った独身の年増女たちと寝ることで、収入を得ていた。そのため、岡っ引仲間から〈ヒモ六〉と呼ばれている。

少年の時に、遊女あがりの義母に童貞を奪われ、最高の性交技術を仕込まれた彦六は、女体の急所を知りぬいていた。

だから、それを利用して金を稼ぐことに、彼は、何の引け目も感じてはいない。

ただ、難波屋の監視の費用を稼ぐために、連日、馴染《なじ》みの女たちと寝ていると、さすがに、軀《からだ》よりも先に心に疲労感が蓄積される。

お波が、彦六の臀孔を熱心にしゃぶったため、彼の肉根は復活した。逞しくそそり立ったそれを、お梶は両手で握って、

「凄いわ。また、出来るのね」

「あら、姉さん。今度は、あたしが入れてもらうのよ」

「だって、あたし……あそこが濡れてきちゃって……」

「駄目だったら。あんまり彦さんを独り占めしたら、大川へ突き落としちゃうわよ」

悪戯《いたずら》っぽい口調で、お波が言う。

「おやおや。大川にはまって、あの御殿女中《ごてんじょちゅう》みたいな土左衛門《どざえもん》になっちゃやたまらないわ。わかったわよ、あんたが可愛がってもらいなさい」

彦六は、それを聞き咎《とが》めて、

「おい、その御殿女中の土左衛門てのは、何のことだね」

「あら。これは内緒だったんだけど……」

お梶の話を聞いているうちに、彦六の顔が異様に緊張してきた――。

6

「尾張藩の奥女中だと？」

速水千四郎は、湯呑《ゆの》みに伸ばした手を止めて、彦六を見つめた。

日本橋の南側――北を日本橋川、東を亀島川、南を京橋川、西を楓川に囲まれた一角を、俗に八丁堀《はっちょうぼり》と呼ぶ。

この八丁堀には、南北町奉行所の与力や同心の組屋敷、それに馬場や剣術道場などがあった。

それで、〈八丁堀〉は、町奉行所同心の代名詞にもなったのである。

美人姉妹との密会から四日後――彦六は、親分の徳兵衛と一緒に、この八丁堀にある速水の居宅へ、やって来た。

そして、風邪で寝ていた速水に、驚くべき報告をしたのである。

「へい。尾張藩江戸上屋敷の奥御殿に奉公《ほうこう》していた、紀恵《きえ》という女です。本所相生町《あいおい》の越後屋《えちごや》という饅頭屋《まんじゅうや》の娘で、本当の名は、お嘉《よし》。年齢《とし》は十八で、宿下《やどさ》がりで実家へ戻っていたんだそうです」

「その紀恵って女中が、洲崎の沖で土左衛門で見つかったってのか。奉行所には、そんな報告はあがってねえぞ！」

速水は、それが彦六の責任であるかのように、強い口調で言った。

月代《さかやき》と髭が中途半端に伸びているのが、いかにも病人くさい。寝間着《ねまき》に羽織を引っかけただけという、少しばかり横着《おうちゃく》な格好だ。

「それが……〈時雨《しぐれ》〉の船頭たちが、そのホトケを引き上げようとしたら、父親の伝《でん》兵衛《べえ》たちが乗った船がやって来ましてね」

「ずいぶんと間《ま》がいいじゃねえか」

「明け方に、娘が近くの橋から身投げしたんで、船を出して捜してたんだそうで」

越後屋伝兵衛は、娘が入水《じゆすい》自殺したことが表沙汰《おもてざた》になったら店が潰れると、船頭を泣き落としにかけた。

そして、娘の死骸を引き取り、病死という名目で葬式を済ませたのである。

「まあ、船頭は、越後屋から金を握らされたんでしょう。船宿の連中も、関わり合いになるのを怖れて、自身番にも届けなかったそうです」

「そいつは、けしからんなあ」

がぶりと茶を飲んだ速水は、顔面の筋肉を歪《ゆが》めて、何とも形容しがたい表情になった。

「み……み…美禰《みね》！　何だ、これは！」

「あら、あなた」

奥から、速水の妻の美禰が出て来て、

「煎《せん》じ薬《ぐすり》でございますよ。玄徳《げんとく》先生が、日に三度、きちんきちんと飲むように——と、おっしゃったではありませんか」

顔つきと同様に、のんびりした声である。

「こんなものを飲みながら、御用の話ができるか！　茶を…いや、酒を持ってこいっ」

「はいはい。ああ、しんど……」

睡眠不足の亀のようにもっさりした動作で、肥満体の美禰は、奥へ引っこんだ。

「しかも、旦那《しり》」今度は、徳兵衛が言う。

「この野郎に臀を叩かれて調べて見たら、もう一件、尾張藩がらみで気になる事件を聞きこみました。上屋敷御台所《おだいどころ》の下女で、お信《しん》というのが、中間《ちゆうげん》の金六《きんろく》と駈け落ちをしたそうです」

「下女と中間か。よくある話だが……」

「ですがね。これも、同じ日の夕方に、いつの間にか二人とも姿を消したから、駈け落ちだといわれてるだけでしてね。身の回りのものや、僅《わず》かに貯めた金なんぞも、残したままだったそうで」

「駈け落ちじゃなくて、二人とも殺されたと言いたいのか」

「尾張藩の奥女中の紀恵が入水自殺したのが、例の明後日松が拐《かどわ》かしをやってた頃です。そして、下女と中間が消えたのが、偽巫女の冬環が暗躍していた頃。しかも、義理の娘を愚図六に殺された難波屋も、尾張藩御用達……旦那、これは偶然でしょうか」

「ふむ……」

速水千四郎は腕組みをした。

「――それに、旦那」

彦六は、じわりと奥の手を出す。

「紀恵は、五日間の宿下がりでしたが、そのうちの丸三日は、誰も姿を見ていないそうですぜ」

「何だとっ！」速水は目を剥《む》いた。

「じゃあ、紀恵も、明後日松に拐かされたっていうのか」

「その疑いは、十分にあります」

明後日松は、誘拐した女を渇《かわ》き責《ぜ》めにして、自分の小水を飲ませるという変態漢だ。排泄物を飲まされた女の精神が崩壊してゆく様《さま》を見るのが、女体に挿入して射精するよりも、何倍も何十倍も気持ちいいという、下衆《げす》野郎なのである。

その明後日松に弄《もてあそ》ばれた伊丹屋の娘のお紺《こん》は、首吊り自殺をした。紀恵の入水も、明後日松に誘拐されたためと考えれば、筋が通るのだ。

「……王手ときやがったな」

速水は苦笑した。ようやく、美禰が持って来た酒を、一口飲んで、

「業人三魔衆は、ただ闇雲《やみくも》に、女たちを毒牙にかけていたのじゃねえ……何か大きな企みがあって、それを隠すために、無関係な女も殺していたというんだな」

「へい。難波屋に気取られないように、越後屋に乗りこむのは、控えております。あとは、旦那のお指図《さしず》があれば——」

「御三家《ごさんけ》の尾張様か……出入りの与力は、たしか、田宮《たみや》様だったな。あの人は、偏屈《へんくつ》者《もの》だし……」

伸びた月代を掻《か》きながら、速水千四郎は、考えこむ。しばらくしてから、顔を上げて、

「彦六。お前の考えでは、業人の寒兵衛が尾張藩上屋敷を狙っている——というのか」

「おっしゃる通りです」

二つの目に力をこめて、彦六は頷いた。

「旦那。あっしも、この彦六の推理が正しいと思います」

脇から、湯島の徳兵衛が言《い》い添《そ》えた。

「わかった」

速水は、手文庫《てぶんこ》の中から、小判の包みを二つ、取り出した。五十両だ。

それを、彦六の前に置く。

「お前の考えが正しければ、寒兵衛一味は必ず、難波屋と連絡をつけてるはずだ。下っ引どもを総動員して、その現場を見つけろ。そうすれば、俺も、お奉行にも掛《か》け合《あ》いができるってもんだ」

「だ…旦那……！」

彦六は、危うく涙ぐみそうになった。

「馬鹿野郎。俺と徳兵衛は、お前と心中する気はねえからな。しっかり頼んだぞ」

速水千四郎は、骨っぽく笑った。

7

夜もだいぶ更《ふ》けてから、彦六が帰宅すると、春吉が奥から、飼い主を見つけた子犬みたいに、飛び出して来た。

「お帰りっ、親分」

十日ほど前、切腹マニアの凶人・愚図六の魔手から救い出されて以来、春吉は、金沢町の源六長屋には帰っていない。

ずっと、この嬬恋明神下の彦六の家に、泊まっているのだった。

「何だ、まだ起きてたのか」

「だって……親分が戻るまで心配で」

「そうか。すまねえが、熱い茶をいれてくれ」

「はいっ」

庭に面した涼しい廊下に、彦六は座りこんだ。諸肌脱《もろはだぬ》ぎになって、裸の上半身を手拭いでふく。

それから、春吉のいれた茶を飲みながら、

「速水の旦那との話は、上手《うま》くいったぜ」

「本当?」

「ああ。旦那から渡された金で、徳兵衛親分と手分けして、下っ引の手配をしてたのよ。それで、こんなに遅くなったのさ」

「ご苦労様でした、親分。良かったね」

「うむ。今までの倍の見張りが使えるから、難波屋のどんな些細な変事も見逃さねえぜ。これで、必ず寒兵衛一味の尻尾をつかんでやる!」

「……親分」

春吉は、彦六の広い背中にすがりついた。

「どうした、暑いじゃねえか」

彦六が笑って答えると、

「おいら、怖《こわ》いんだ……」

「そりゃあ、無理もねえさ。大の男だって、目の前で、女が生きたまま腹を斬り裂かれて殺される場面を見せられたら、夢で魘《うな》されるだろうよ。まして、お前は、男の形はしていても、まだ十八歳の娘だからな」

「違うんだよ、親分っ」

春吉小僧のお春は、彦六の前にまわって、

「勿論、あの愚図六の一件が目に焼きついて、怖くて怖くてしょうがないから、この家に厄介になってたんだけど……でも、親分と毎日、同じ屋根の下に寝起きしているうちに……もっと、別のことが怖くなってきたの」

「別のこと……何だ、そりゃ？」

「おいらと幾つも違わないお涼さんが、あんな風に亡くなったでしょ。人間て、何時《いつ》どんな風に死ぬか、誰にもわからないよね。おいらだって親分だって、七十まで生きるかも知れないし、明日死ぬかも知れない……そしたら、おいら……こんなに彦六親分のことが好きなのに……一寸先は闇だなんて……それが、怖くてたまらないの」

「……」

彦六は無言で、男装娘の頤《おとがい》に指をかけた。

上を向かせる。お春は、双眸《そうぼう》に、いっぱいの涙を湛《たた》えていた。

「春吉……いや、お春」

彦六は、今まで関係したどの女にも絶対に言わなかった台詞を、口にした。

「お前、俺の女房になりてえのか」

「……おいら、色は黒いし、可愛くもなけりゃ綺麗《きれい》でもないし……がさつだし……」

俯《うつむ》いたお春を、彦六は、そっと胸の中にかかえこんだ。

「お春。今まで黙ってたが、俺には、生き別れになった妹がいてな――」

嫉妬に狂った父親が母親を刺殺し、自分も自殺したこと……自分と妹は別々の夫婦に引き取られたこと……その義母が色狂いで、少年の時から閨房術《けいぼうじゅつ》を教えこまれたこと……その爛《ただ》れた関係が厭《いや》になって、家を飛び出したこと……ごろつきどもの仲間になって、喧嘩や女蕩しに明け暮れたこと……鬼徳親分に拾われなければ、いずれは島送りか獄門台に昇る無頼な生活だったこと……そして、妹のお幸《ゆき》が今も生きていれば、十八になること――などを彦六は話してやる。

「俺は身勝手な男だ。俺にとって大事な女は、天にも地にも、お幸ひとり……その妹の生死も知れないままで、女房を貰って子供をつくる……そんな世間並の暮らしをすることは、俺には考えられねえんだ」

「親分……」

少し考えてから、お春は言った。

「ひょっとして、お幸さんて、〈若狭〉のお光さんに似てるんじゃないの」

「女の勘《かん》てやつか」彦六は苦笑した。

「そうだな……どこか、似ているような気がするよ」

「もし、お幸さんが見つかったら……」

おいらをお嫁さんにしてくれる——という言葉を、お春は、危うく呑《の》みこんだ。

それを口にした瞬間、今の彦六との関係が、粉微塵《こなみじん》に砕けてしまいそうな予感がしたからだ。

その代《か》わりに、彦六の首にしがみついて、激しく唇を吸う。

彦六も、それに応えて、濃厚な接吻を交《か》わした。そして、座敷の方へ、十五娘の軀《からだ》を横たえる。

お春が、童子格子の着物の下につけていたのは、肌襦袢だけだった。

だから、裾前を割って、なめらかな内腿を撫で上げた彦六の手は、たやすく、腿の付根の秘処《ひめどころ》に達する。

（そういえば、ヒモ稼業の方が忙しくて、しばらく抱いてやらなかったな）

お春の女神《めがみ》の丘は、陶器のように無毛であった。湿った亀裂を、彦六は、じっくりと嬲《なぶ》る。

可憐な花園は、たちまち、透明な露《つゆ》にまみれてしまう。

「お…親分……」

「何だ、早く俺のものが欲しいのか」

「うん。………だけど、そこじゃないの」

男装娘は喘《あえ》ぎながら、恥《は》じらいながら、言った。

「お…お臀《しり》でして、親分」

「臀の孔《あな》を犯してもらいてえのか」

秘部への愛撫を続けながら、彦六は訊《き》く。

「やっと、前でやる味を覚えたばっかりじゃねえか。臀でやる楽しみは、もう少し、先にした方がいいだろう」

「ううん。お臀を親分に捧げたいの。おいら、前の方にも……御満子にもお口にも、親分のお珍宝を入れてもらいました。あと残ってるのは、お臀だけでしょ」

「まあ、それはそうだが……痛いかも知れないぜ」

「いいの。おいらの軀《からだ》は、髪の毛一筋まで親分のものだから……みんな可愛がってもらいたいんです。だから、お臀を……お臀を犯して」

「よし。四ん這いになりな」

健気《けなげ》な男装娘は、犬這いになった。

着物がまくり上げられて、小さく引き締まった臀が、剥き出しになる。日焼けした腕や足と、真っ白な臀部との対比が鮮やかだ。

秘部の亀裂からは、赤みをおびた花弁が顔をのぞかせている。花弁の肉は、ごく薄かった。秘蜜で濡れそぼっている。

双丘が両側から盛り上がっているので、獣の姿勢になっても、背後の門は見えない。

「親分……お風呂で清潔にしたの……見て」

お春は、両手で臀の肉を広げた。

谷間の奥に隠されていた茜色の後門が、その全容を現わす。

秘部と同じように、美しい形状であった。醜い放射状の皺《しわ》はなく、小さな窪みの中央に、針で突いたような孔があるだけだ。

さらに、お春が左右に引いたので、排泄孔が、ぽっかりと楕円形に口を開いた。内部の、薄桃色をした肉襞《にくひだ》まで、よく見える。

「お春……綺麗な臀の孔だぜ」

「嬉しい……親分のものにしてぇ」

彦六は、お春の代わりに、臀肉を両手で広げた。そして、後門に唇をつける。

びくっ、と男装娘の軀《からだ》が震えた。

開口した後門の縁《ふち》を、彦六は、舌先でゆっくりと舐めまわした。

「ひぐっ……あっ、ああっ」

秘部を愛撫されるのとは別の刺激に、お春は、呻いた。

それだけでも強い刺激なのに、男の舌先が排泄孔の内部に侵入すると、お春は、悲鳴のような悦声《よがりごえ》をあげる。

十分に括約筋を解《と》きほぐしてから、彦六は、着物の前を開いて、木股の中から男根を取り出した。雄々《おお》しく、そそり立っている。

そのどす黒い巨根を、彦六は、お春の後門にあてがった。

そして、ずぶずぶ……と体重をかけて、ねじ込む。

「――――っ！」

声にならぬ声で、お春は絶叫した。

処女を失った時の数倍の痛みが……いや、痛みというよりも、焼けた鉄の棒を突っこまれたような衝撃が、背骨を貫いて後頭部を直撃したのである。

全身から、どっと脂汗が噴き出すのを、お春は感じた。だが、根元までの挿入を果たした彦六が、じっと動かずにいてくれたので、次第に痛みが和《やわ》らいでくる。

彼女の軀《からだ》から強《こわ》ばりがとれたのを確認してから、彦六は、静かに律動を開始した。

男装娘の臀をかかえて、長大な男根を抜き差しする。初物《はつもの》だけに、喰いちぎられそうなほど、強い収縮力だ。

「あひっ……んぐぐ……あ、こんな奥まで……凄い、凄く深い……ひっ……駄目ぇ……駄目なの……あ、ああ、あああっ、く、はっ！……んぐぁっ……裂けちゃう、お臀が裂けちゃうっ、お臀の孔が裂けちゃうよォォォ……ひぐっん！　も、もう……親分……おいら……きひぃぃぃ……死ぐゥウ……死ぐよォォォォ……っっ！」

全身を痙攣させた男装娘の内部に、彦六は、放った。

おびたたしい量の白濁した聖液が、暗黒の狭洞に怒涛《どとう》のように流れこむ。

二人は臀で結合したまま、しばらくの間、ぐったりとしていた。

ややあって、お春は手を伸ばして、桜紙をつかんだ。それを自分の臀にあてがって、ゆっくりと肉柱を引き抜く。

そして、臀に桜紙を挾《はさ》んだままで、彦六の男根に唇をつけた。汚れた巨砲を、丁寧に丁寧に舐めしゃぶって、浄《きよ》める。

その頬に流れている涙は、痛みからのものではなく、真に愛する男の所有物となった歓《よろこ》びの涙であった……。

8

往来《おうらい》に、老婆が倒れている。

悲鳴が聞こえた。

真っ昼間だというのに、狐のような顔つきのごろつきが、老婆に突き当たって懐から財布を抜き、突き飛ばして逃げたのだった。

「どけ、どけっ」

そのごろつきは、通行人を蹴散らしながら、走った。目の前に、若旦那風の男がふらりと出て来たので、

「どきやがれっ、盆暗《ぼんくら》がっ」

片手で、突き飛ばそうとした。

が、その手首をつかまれたと思った瞬間、天地が逆転し、ごろつきはもんどりうって、地面に叩きつけられた。

さらに、その脇腹に蹴りを入れられて、ごろつきは、目の前が真っ暗になってしまう。

「相手を見て、ものを言え」

その〈若旦那〉は、嬬恋町の彦六だった。

自分も、ごろつき時代には色々な悪事を重ねた彦六だったが、年寄りを的《まと》にかけたことはない。まして、老婆から引ったくりをするなど、論外である。

「――盆暗はてめえだっ」

彦六は、もう一発、蹴りを入れた。

「ぐふっ」

春吉小僧のお春が、最後の操《みさお》を捧げてから三日後――何もつかめない彦六の苛立《いらだ》ちは、その頂点に達しようとしていた。

手足を縮めて、団子虫のように丸くなったごろつきの始末を、春吉に任せて、彦六は財布を拾った。

そして、通行人に助け起こされた老婆の方へ、歩いてゆく。

「大丈夫か、婆さん。災難だったな。ほら、お前さんの財布だよ」

「はい、有難うございます、親分さん」

「中身を確かめた方がいいぜ。……そうか、間違いないんだな。怪我もないのか。そいつは、良かった。気をつけて行きなよ。江戸には、ああいう馬鹿もいるからな」

何度も頭を下げる老婆と、彦六が別れようとした時、

「御母《おっか》さん！」

日本橋の方から、血相を変えて走って来た男がいた。

「お？」

彦六が驚いたのは、その男が、難波屋の手代の新三郎だったからである。

「御母さん、どうしたんだいっ、この…こちらの親分に、何かされたのかっ！」

老婆の肩をつかみ、新三郎は火を噴きそうな目で、彦六を睨みつけた。

「まあ、何を言うんだ、お前。あたしが、あの男に財布を盗られたのを、こちらの親分が取り返して下さったんだよ。お前からも、お礼を言っておくれ」

「そ…そうだったのか……申し訳ございません、嬬恋町の親分。つい、興奮いたしまして」

新三郎は、軀《からだ》を二つに折って、ぺこぺこと頭を下げる。

「いいってことよ。お前さんの母親思いは、よくわかった。じゃあな」

あっさりと立ち去ろうとした彦六の袖を、何を思ったのか、新三郎がつかんだ。

そして、彦六が振り向くよりも先に、ついっと軀《からだ》を寄せてくると、

「――親分に聞いて欲しい大事な話があります。一刻《いっとき》ほどしてから、永代橋の袂《たもと》の〈福屋《ふくや》〉って料理屋で」

彦六の耳元で、それだけ早口で言うと、新三郎は老母の手をひいて歩きだした。

「どうかしたんですか、親分」

ようやく、ごろつきを後ろ手に縛った春吉が、そいつを連れて来た。

「ん？」彦六は微笑して、

「犬も歩けば棒に当たる――ってやつかな」

9

「お、親分っ！　大変ですっ」

そろそろ約束の刻限だが――彦六と春吉が、そう話し合っていた時、いきなり福屋の座敷に飛びこんで来たのは、草履売りの聡吉《そうきち》という若者である。聡吉は、難波屋の見張りをしている下っ引の一人であった。

「どうした、落ち着けっ」

叱りつけた彦六は、すぐに気づいて、

「新三郎に何かあったのか」

「は、はいっ」

聡吉は、ぺたりと座りこんだ。

「難波屋を出た新三郎が、こっちへ向かうのを、あっしと弥太八《やたはち》が見え隠れに尾行《つけ》てたんですが……崩橋の手前で、露地から出て来た若い娘が、新三郎に寄り添いました。

そして、急に桟橋の方へ降りて、そのまま、屋根船に乗っちまったです」

「くそっ、新三郎はその娘に、刃物か何か突きつけられたのに違いねえ。それで？」

「弥太八が、通りかかった猪牙舟《ちよきぶね》を呼び止めて、そいつで屋根船を尾行してます。あっしも、それを見ながら、ここまで駆けて来たんですが、船は洲崎の方へ向かったようで」

「よしっ」

彦六たちは、福屋から飛び出した。

永代橋の脇にある桟橋に、猪牙舟がもやってあった。それに、彦六と春吉が乗りこみ、聡吉は鬼徳への連絡に走らせる。塩っけのあるべとついた風に頬をなぶられながら、猪牙舟は、陸に沿って洲崎の方へと進んだ。

「その娘ってのは……やっぱり、寒兵衛の一味でしょうか」

「間違いない。新三郎と俺が出会ったのを、一味の者が見ていたんだ」

「じゃあ、新三郎さんは……」

「おっ、あれは弥太八じゃねえかっ」

東の方から来た猪牙舟の客が、しきりに手を振っている。貸本屋の弥太八だった。

彦六は船頭に頼んで、船が寄せてもらう。

「親分。奴らの船は、新田の方に着きましたぜっ」

「よし、案内しろっ」

洲崎弁天の先に、平井新田と呼ばれる埋立地があった。その埋立地の雑木林のところに、屋根船が係留されているのが見えた。

二艘の猪牙舟は、その五十メートルほど手前に、つける。

「親分、ここは町奉行所の縄張《なわば》りの外なんじゃあ……」

「そんなこと気にしている場合かっ」

舟から降りた彦六たち三人は、林の中を、屋根船の方へ向かった。が、乗りこむまでもなく、障子が開いているので、船が無人であることは、すぐにわかった。船頭もいない。

「～～～～～～～～っ!!」

彦六が、未だ嘗《かっ》て聞いたことのない絶叫を耳にしたのは、その時であった。

同時に、林の奥に火の手が見える。

三人は、その方へ走った。

「おおっ⁉」

そこで彼らが見たものは――世にも奇妙な踊りだった。

背中に炎の塊を背負った男が、筋肉と関節の限界を無視して、ぴょんっぴょんっと飛び跳ねているのだ。男は、新三郎だった。

三代将軍家光の治世——島原藩の領主・松倉重政は、苛斂誅求《かれんちゅうきゅう》の藩政を敷き、年貢を滞納した百姓を残酷な方法で処刑した。

その一つが、〈蓑踊り《みのおど》〉である。

百姓を後ろ手に縛り、油をしみこませた蓑を着せる。そして、この蓑に火をつけるのだ。

松倉親子は、生きながら焼かれる苦しさに飛び跳ねる百姓を見物しながら、酒を飲んでいたという。

この苛政が、後に、切支丹《キリシタン》宗徒による〈天草の乱〉を引き起こしたといわれている
……………。

難波屋の手代もまた、その蓑踊りをさせられているのだった。腹部が、妊婦のように異様に膨らんでいる。

死のダンスを続ける新三郎を、遠巻きにして三人の男女が眺めていた。

二人は中年の、したたかそうな顔つきの男。

もう一人は、艶やかな振り袖姿の娘であった。人形のように美しい娘の顔は、恍惚とした表情を浮かべている。

ぼんっ、と音がして、新三郎の腹が裂け、腸が周囲に飛び散った。高熱のために、内臓が破裂したのであろう。新三郎は横倒しになり、そのまま、動かなくなった。人

肉の焼ける濃厚な悪臭が、広がってゆく。

「て…てめえら……人間じゃねえな」

彦六は、蒼白になっていた。弥太八は、後ろ向きになって嘔吐している。

「おや……捕物名人のご登場かい」

稚児髷《ちごまげ》の娘は、にたりと嗤《わら》った。

「こんな面白い観世物《みせもの》は、両国でも奥山でも見れないよ。だから、見物料も高い……お前たちの命で、支払ってもらおうか」

二人の男が、懐から匕首《あいくち》を抜いた。娘も、帯の後ろに隠した匕首を抜いて、

「権造、半次っ！　構わないから、殺《や》っちまいな！」

「おうっ」

彦六たちも鉄十手を構えて、応戦した。

「お前ら、業人の寒兵衛の一味だなっ」

「そうだよ。寒兵衛の片腕で、〈蕩《たら》しの夢千代〉ってのは、あたしのことさ！」

「むむ……お前、男か」

「野暮なことを言うねえ。これでも、尾張名護屋では、ちょいと名の知られた蔭郎だったのさ」

そう言いながら女装した夢千代は、逆手に構えた匕首を閃《ひらめ》かせる。意外に鋭い攻撃

で、彦六も、防戦一方という有様であった。

そのうち、彦六の踵に触れたものがある。

五合の油樽だった。新三郎を焼き殺すのに、用いたものだろう。

（これだ……っ！）

彦六は、大きく十手を構えて相手の注意をひきながら、その油樽を蹴った。

その樽が脛に当たった夢千代は、前のめりに倒れた。その手から、匕首を十手で弾き飛ばして、彦六は、縄をかける。

気がつくと、春吉と力自慢の弥太八は、二人の男を何とか捕まえていた。

「おい、夢千代。寒兵衛の隠れ家は何処だっ？　難波屋を利用して、何を企んでる？」

「ふん……知らないね。牢屋敷へでも何処へでも送るがいい。あたしゃ、どこへ行っても、結構な暮らしをしてみせるよ。この面《つら》でね」

ふてぶてしい夢千代の態度に、彦六は、こめかみを痙攣させた。

「立てっ」

彦六は、蔭郎くずれを引き起こすと、

「お前たちは、ここにいろよ。ついて来るんじゃねえぞ！」

そう厳命して、屋根船の方へゆく。

中へ入ると、後ろ手に縛った夢千代の裾前を割り、下半身を剥き出しにした。

無毛の下腹部にある肉根は、平均サイズよりも小さい。娘以上に娘らしい美しい顔と、小型の男性器とのギャップが、奇怪であった。

「何だ、怖い顔してどうするのかと思えば、そういう事か……ふふ。いいよ、親分。色男だしね。あたしの臀の味見をしてちょうだい。寒兵衛のお頭だって、あたしの臀の孔は絶品だって、誉めてくれるんだから……」

夢千代は、妖艶な流し目をくれる。

だが、彦六は、夢千代の匕首を手にしていた。それを、薄桃色をした男根にあてがう。

途端に、蔭郎くずれの童顔が引きつった。

「あ、危ない……っ！」

「他人を焼き殺して平然としておきながら、てめえのものを切り落とされるのは、そんなに厭か。勝手なもんだな」

「やめて、お願いだから………」

夢千代は喘いだ。

「女の格好をしているから、それに合うように、この道具も切ってやろうってんだ。こんな邪魔物がない方が、牢の中で人気がでるだろうよ」

彦六は、ほんの少しだけ、刃を引いた。

肉根の根元の皮膚が切れて、うっすらと血がにじむ。

「ひいいっ」

夢千代は失禁した。恐怖のあまり、肉根の大半が、腹の中に埋没してしまう。

「よし。だったら、こっちの玉袋を切りとってやるぜ」

彦六は、これも縮みあがった陰嚢の根元に、匕首をあてがう。自分に情報を教えようとして、焼き殺された新三郎の無惨な最期を見たため、半分は本気であった。

楽しんで人を殺すような鬼畜を、人間扱いすることはない。

「言う！　何でも言うから、堪忍してっ！」

夢千代はしゃべった。

寒兵衛一味の隠れ家も、その企みも、油紙に火がついたように、しゃべりまくる。

他人の苦痛に鈍感な奴ほど、自分の苦痛には敏感なのだ。

驚くべき内容であった。

「それで」匕首をあてがったまま、彦六は、

「その隠れ家にいるのは、寒兵衛と八人の手下だけか」

「もう一人……お頭《かしら》の情婦《いろ》がいるよ。年齢《とし》は十八、お幸《ゆき》って娘さ」

「……っ⁉」

彦六の顔に、重い衝撃が走った。

「親分、匕首をのけて。お願いだから……」

夢千代の哀願は、彦六の耳に届いていなかった。それどころではない。

お幸――それは、生き別れになった妹の名前だったのである。

手柄ノ六　闇《やみ》の奥《おく》

1

「それにしても――」と速水千四郎は言った。

「業人《ごうにん》の寒兵衛《かんべえ》というのは、豪胆というか大胆不敵といおうか、悪党ながら凄まじい奴だな」

「御三家の尾張様の御金蔵《ごきんぞう》を狙うなんて、並の盗人《ぬすっと》の考えつくことじゃねえですからね」

鬼徳こと徳兵衛も、それに同意する。

「勿論、並じゃありませんよ」

千四郎の杯に酌をしながら、彦六が言う。

「あんな外道鬼畜どもを集めて、その頭《かしら》をやってる野郎だ。並はずれた人でなしに決まってまさァ」

湯島天神下の居酒屋〈若狭《わかさ》〉、その裏手にある別棟が徳兵衛の家だ。そこの居間で、彦六たち三人は酒を飲んでいる。

梅雨時の夕刻で、居間から見える西の空には薄く雲がかかり、ぼんやりと滲《にじ》んだように茜色《あかねいろ》に染まっていた。

「違いねえ。彦六の言う通りだ」

北町奉行所の常町廻り同心は、苦笑して、

「それにしても……業人三魔衆の残虐な犯行が、実は、尾張藩上屋敷の内情探りを誤魔化すためだったとはなあ。しかも、あんな奇策で御金蔵破りを企んでいたとは」

数日前――彦六は、寒兵衛一味の〈蕩《たら》しの夢千代《ゆめちよ》〉という、蔭郎《かげろう》くずれを捕らえた。

娘と見間違《みまご》う美貌の夢千代は、頭目である寒兵衛の〈情婦《いろ》〉で、難波屋の手代の新三郎を生きたまま焼き殺した、焼殺魔である。

目の前で新三郎を殺された彦六は、激怒のあまり、夢千代を拷問にかけた。

剥《む》き出しにした下腹部の肉根に匕首《あいくち》をあてがい、自白を迫ったのだ。

さすがの快楽殺人犯も、自分の肉体が傷つけられることには、ひどく弱い。

だらしなく、男根の先端から小水を洩らししながら、夢千代は、すべてを話した。

それは正に、驚くべき犯罪計画であった。

五街道を荒らしまわった凶賊の寒兵衛は、児童連続姦殺犯として処刑された吉左《きちざ》の仇敵《かたき》を討つために、江戸へやって来た。

だが、寒兵衛の目的は、もう一つ――尾張藩江戸上屋敷の金蔵を破り、二万両を盗みだすという大仕事である。

寒兵衛は、まず、変態性欲者ぞろいの業人三魔衆――明後日《あさって》松《まつ》・冬環《とわ》・愚図六《ぐずろく》を活動させた。

渇き地獄の中で小水を飲ませ、女の精神を破壊するのが趣味の明後日松は、尾張藩の奥女中の紀恵を誘拐して、上屋敷の内情を洗いざらい聞き出した。

次に、巫女《みこ》に化けた冬環は、台所の下女のお信と中間《ちゆうげん》の金六を捕らえて、金蔵の警備状況を吐かせた。

しかも二人は、これらの〈本命〉の他に、何の関係もない娘たちを毒牙にかけたので、尾張藩を標的にしているという事実が、おおい隠されてしまったのだ。

そして、三番手の愚図六は、尾張藩御用達の油問屋・難波《なんば》屋の娘、お涼をさらった。

しかも、散々に凌辱した上に、切腹マニアの愚図六は、彼女に十文字腹を切らせ、殺してしまったのである。

捕縛の際に愚図六が死亡したので、なぜ、難波屋から身代金をとる前に大事な人質を殺害したのか、不明だった。夢千代の自白によって、その謎が解明された。

何と——お涼の殺害自体が、難波屋に対する〈見せしめ〉だったのだ。

難波屋宗右衛門には、死別した先妻の生んだお峰という娘がいて、お涼は、後妻のお徳の連れ子である。つまり、宗右衛門とお涼の間には、血の繋がりはない。

愚図六は、お涼を誘拐して残虐極まりない方法で殺し、寒兵衛一味の要求を訊《き》かなければ、実の娘であるお峰を、同じように惨殺すると脅かしたのであった。

その要求とは、尾張藩上屋敷へ油の納入する時の人足を、すべて寒兵衛の手下に入れ替えるというものだ。

手代の新三郎は、その秘密を彦六に打ち明けようとして、夢千代に殺されたのだ。

すでに、寒兵衛一味は、武家屋敷まわりの売春婦〈提重《さげじゅう》〉を使って、金蔵の鍵の型をとり、その合鍵を作ることに成功していた。

御金蔵破りの手筈《てはず》は、すべて整っている。

だが、最大の問題は、二十個の千両箱をどうやって持ち出すかであった。

寒兵衛は、これを白昼堂々と運びだす方法を考えた。難波屋が、屋敷へ油を搬入した後に、その空き樽の中に一個づつ千両箱を隠そうというのだ。

そのために、お涼を誘拐惨殺して、難波屋宗右衛門を心底、震え上がらせたのである。

彦六が、夢千代の自白内容を速水千四郎に伝えると、すぐに千四郎たちは、捕方《とりかた》を動員して、寒兵衛の隠れ家を密かに包囲した。

ところが、その百姓家には人の気配がまるでない。意を決して踏みこんで見ると、中は裳《も》抜けの殻《から》であった。

どうやら、夢千代が新三郎の口封じに成功した時には、何か伝令を隠れ家に送ることになっていたらしい。

それが来なかったので、寒兵衛一味は、千四郎たちが到着する直前に、姿をくらましたのである。

どんなに夢千代を拷問しても、次の隠れ家は知らないという。

寒兵衛は、可愛がっていた夢千代ですら、信用してはいなかったのだ。

一味は江戸から逃げたのか、それとも、まだ尾張藩の金蔵を狙っているのか。

南北の町奉行が相談した結果、凶暴無類の寒兵衛一味を捕縛するために、相手の上をゆく〈奇策〉をとることになった。老中《ろうじゅう》の許可を得て、その奇策は明日、実行される……。

「どうやら、有り難いことに、明日は降らねえようだ」

西の空を眺めて、千四郎が言った。

「俺は最後の打ち合せがあるから、そろそろ帰るぜ」

「旦那、ご苦労様でした」

徳兵衛と彦六は、頭を下げる。

「おい、彦六」

大刀を腰に落とした千四郎は、にやっと笑って、

「明日の夜は、うまい酒を飲みたいもんだな」

「へい――」

彦六は、力強くうなずいた。

そんな乾分《こぶん》を、徳兵衛は頼もしげに見つめる。

2

着痩せして見える彦六だが、裸になると、その軀《からだ》は意外なほど逞しく、引き締まっていた。

生活苦のため、十歳の時から苛酷な肉体労働に従事してきた、彦六である。

十六で養家を飛び出して、無頼の群れに身を投じてからも、軀《からだ》を動かすことや荒っぽい喧嘩沙汰を厭わなかったから、自然と筋骨が発達したのであろう。

その広い背中を、春吉小僧のお春は、一生懸命に糠袋《ぬかぶくろ》でこすっていた。

嬬恋稲荷下の家にある湯殿の中だった。

湯槽《ゆぶね》の脇で、簀子《すのこ》の上に胡坐《あぐら》をかいた彦六の背後に、これも裸のお春が、両膝をついている。

男髷のお春は、腰の部分を申し訳程度に、手拭いでおおっているだけだ。

「おいおい。いつまでも擦《こす》ってると、俺の背中の皮が剥《む》けちまうぜ」

「ふふ。ごめんなさい、親分」

お春は、男の背中に湯をかけて流す。

「よし、今度はこれを洗ってくれ」

彦六は立ち上がって、振り向いた。

その股間からは、どす黒く淫水焼けした逸物が、だらりと垂れ下っている。

ひどく巨《おお》きい。

休止状態だというのに、普通の男性の勃起時と、同じくらいのサイズなのだ。

その根元に付属している布倶里《ふぐり》も、陽根にふさわしい大きさであった。

お春は、眩《まぶ》しそうな表情で、男の巨根を見つめる。そして、吸い寄せられるように、その肉塊に顔を近づけた。

紅唇が開き、桃色の舌先が突き出される。

その舌先が、玉冠部《ぎょくかん》の切れこみに触れて、これを撫でるように舐めはじめた。

「おい、お春。洗ってくれと頼んだんだぜ」

彦六が苦笑すると、

「洗ってるよ、おいらのお口で。とっても大事なものだから、糠袋なんて使えないもの」

不明瞭な声で答えると、お春は、小さな口をいっぱいに開けて、まだ柔らかい肉茎を咥《くわ》える。

右手で根元を握って、半《なか》ばまで呑《の》むと、ゆっくりと頭を前後に動かした。窄《すぼ》めた唇が、通過の際《さい》に玉冠の縁《ふち》を刺激する。

左の掌《てのひら》には、重く垂れ下っている布倶里を軽く乗せるようにして、これを転がしていた。

仁王立ちの彦六は、跪《ひざまず》いて口唇奉仕を続ける男装娘を、見下ろす。その目は、穏やかであった。

やがて、男性器に大量の血液が流れこみ、著しくその体積を増した。長さも太さも、常人のそれの倍以上もある。

甘い美貌に反して、〈肉の凶器〉とでも呼ぶべき形状であった。

玉冠部も、柿の実のように丸々と膨れ上がり、お春の口には余るようになった。

急角度でそそり立つ巨砲から口を外したお春は、その節榑《ふしくれ》だった茎部に頬ずりをして、

「いつ見ても、親分のものは凄いや……巨《おお》きすぎて、怖いぐらい」

「だがな、お春。その凄い奴を、お前の股間の弁天様は、ずっぽりと根元まで呑みこんじまうんだぜ」

「そんな事ないよ。おいらのあそこは、そんなぶかぶかのゆるゆるじゃないもん。半分くらいしか、入らないもん」

「そうかな」

「そうだよ。親分が無理矢理、ねじこむから……きついのを我慢して、半分だけは受け入れてるけどさ」

拗《す》ねたような口調で、男装娘は言う。

「ほほう、そうだったのか。お春は、俺のものが厭《いや》なのか。じゃあ、引っこめるか」

彦六は笑いながら、腰を引く素振《そぶ》りをみせた。

「待って、ごめんなさいっ」

お春は、あわてて彼の腰にすがりつく。

「今は嘘なの。おいらは、親分のこれが大好きな助兵衛娘《すけべえむすめ》なんです。一日中、親分の逞しいもののことばっかり考えて、股の間を濡らしてるの」

「それじゃあ、まるで色狂いじゃねえか」

「そうだよ。おいらは珍宝狂いの淫乱娘なの。でかくてぶっといので、根元までずんずん……って、死ぬほど深く突かれるのが大好きなんです。だから、もう少し、これをしゃぶらせてください。お願いします」

彦六は、わざと呆《あき》れたような声で、

「仕方がねえ、濡れ弁天《べんてん》だ。気合をいれてしゃぶれよ」

「はい。心をこめて、ご奉仕します」

両手の指を極太《ごくぶと》の茎部に絡《から》めると、男装娘は、玉冠の下の深いくびれを、舌先で抉《えぐ》るようにして、舐めはじめた。

二人が馬鹿馬鹿しいほど卑猥《ひわい》で露骨な会話を交わしているのは、明日への不安を忘れるためであった。

明日は、業人の寒兵衛一味を罠にかけての、南北両奉行所合同の大捕物《おおとりもの》がある。準備は万全のはずだが、盗人どもも、必死で抵抗するだろう。事によったら、彦六か春吉小僧が、大怪我をするかも知れない。命を落とす可能性もある。

武士でさえ、明日が合戦となれば、簡単には眠れないものだ。

まして、いくら犯罪捜査に従事しているとはいえ、町人の若者と娘である。性的戯《たわむ》れに耽《ふけ》ることで、神経の苛立《いらだ》ちを鎮めようとしても、無理はあるまい。

春吉小僧のお春の献身的な愛撫は、巨根から布倶里へと移動した。袋の中の瑠璃玉を、一個づつ丁寧に刺激する。

さらに、彦六が、片足を持ち上げて湯槽《ゆぶね》にかけると、お春は、蟻《あり》の戸渡《とわた》り——すなわち、玉袋と後門の中間地帯である会陰部を舐めた。

そして、男の後門にまで舌を這わせる。右手で男根の茎をさすりながら、排泄孔を舐めまわし、その奥にまで舌先を差し入れた。

「お春、出すぜ」

彦六がそう言うと、「待って」とお春は、顔を男根の前へ持って来た。そして、両手で茎部をこすり立てる。

びくっと巨砲が身震いして、勢いよく射出された液弾が、お春の顔面を直撃した。第二、第三の液弾が放たれて、男装娘の顔を、どろどろに汚してしまう。

目を閉じて、それらを受けたお春は、うっとりした表情になった。唇のまわりの白濁した聖液を舐めて、「美味《おい》しい……」と呟く。

彦六は手桶に湯を汲んで、お春の顔を、きれいに洗ってやった。

お春も、射出しても萎えぬ巨根の先端を、もう一度、しゃぶってから、

「親分、ちょうだい」

湯槽の縁に手をついて、臀《しり》を後方へ突き出した。

棒手振り稼業で生きてきただけに、並の娘よりは筋肉が発達している。足は、羚羊《かもしか》のように、すらりと伸びていた。

腕や足は浅黒く日焼けしているが、着物や木股で隠されている胴体や腰は真っ白で、その対比が鮮やかだ。

処女の時は少年のように引き締まっていた小さな臀も、彦六にたっぷりと可愛がられた今は、それなりに脂肪がのって、女らしい丸みを帯びてきている。

その臀の割れ目の下から、陶器のように無毛の秘部がのぞいていた。その亀裂から

は、赤みをおびた花弁が、ほんの少しだけ、顔を出している。

当然のことながら、そこは、透明な愛汁《あいじゅう》で濡れそぼっていた。

彦六は、剛茎の先端を、熱く濡れた花園にあてがう。臀をつかむと、ぐいっと一気に腰を進めた。

「は……ぐぐっ」

奥の奥を突かれて、お春は仰《の》けぞった。

常識はずれの長大な巨根が、男装娘の花孔を完全占領してしまったのである。

花孔の入口は、極限まで伸びきって、今にもはち切れそうだった。

ゆっくりと律動を開始すると、お春は、嫋々《じょうじょう》たる哭《な》き声をもらす。

一度放った直後だけに、彦六は、長く続いた。

背後から突いて突いて突きまくられて、男装娘は、息も絶《た》え絶《だ》えという様子になる。

やがて、彦六が、二度目とは信じられないほど大量に放つと、全身から力の抜けたお春は、簀子《すのこ》に膝をついてしまった。

情交の痕《あと》を洗いながしてから、二人は、湯槽に浸《つ》かった。濃厚な接吻を交わしながら、互いの軀《からだ》をまさぐり合う。

湯から上がると、今度は彦六の方が、お春を愛撫した。簀子の上に仰向けになった娘の軀《からだ》を、丹念に舐めまわす。

なめらかな肌であった。毎日、愛する男のエキスを体内に注入されているので、肌に潤いがあるのだろう。

彦六は味わうように、秘処に舌を使う。無論、茜色をした臀の孔《あな》も愛撫した。

先ほどの返礼のように、排泄孔の内部にまで舌先が侵入すると、男装娘は、甲高い喜悦《きえつ》の声を発する。

「お…親分……今度は、そこを目茶苦茶にして」

すでに後門の操《みさお》も彦六に捧げているお春は、自分の足首を両手でつかんだ。赤ん坊が襁褓《おしめ》を替えられる時のような、大股開きのポーズになる。

「裂けちまうかも知れないぜ」

「いいの。裂けても壊れても構わないから、おいらのお臀の孔を、力いっぱい犯してください。お願い……」

「よし」

彦六は、娘の足を両肩に担ぎ上げると、ひそやかに息づいている背後の門に、猛々しいものをあてがった。

体重をかけて、貫く。

屈曲位で臀を犯されたお春の反応は、凄まじいものであった。まるで、正気を失ったかのように、涎《よだれ》までたらして泣きわめく。

彦六が暗黒の洞窟に放つと、男装娘は、全身をわななかせて、失神した。

後門括約筋の痙攣《けいれん》を味わいながら、しかし、彦六の顔は、満足しきっているお春とは対照的に、暗かった。

手札親である速水千四郎にも、親分である徳兵衛にも、そして、可愛いお春にも言っていない〈秘密〉がある。

夢千代が白状したのだが、寒兵衛には、お幸《ゆき》という十八歳の情婦《いろ》がいるという。名前も年齢も容貌も、ある娘と酷似していた。ある娘――つまり、生き別れになった彦六の実の妹に、酷似しているのだ。

天にも地にも、たった一人の妹に。

遊び人だった彦六が、徳兵衛の下で修業するようになったのも、実は、この妹を見つけだすという目的があったからなのだ。

明日、無事に寒兵衛一味を捕縛したとしても、その瞬間に、別の地獄が幕を上げるかも知れない。

それを考えると、彦六は、胃に異物を呑みこんだような痼《しこ》りを感じる。

（そんな事があるはずねえ。あんなに不幸なお幸が、凶賊の情婦にまで堕《お》ちたとしたら、この世には神も仏もないってことになる……別人だ。別人じゃなきゃいけねえんだ！）

胸の中で叫んだ彦六だが、疑惑の塊は、決して消え去ることはなかった——。

3

尾張藩の藩祖は、徳川家康の九男・義直《よしなお》である。

この尾張徳川家と、十男・頼宣《よりのぶ》の紀州徳川家、十一男・頼房《よりふさ》の水戸徳川家を合わせて、〈御三家《ごさんけ》〉と呼ぶ。

徳川本家に跡継の男児が誕生せず、前将軍の血縁者もいなかった場合には、この御三家の中から、新将軍が選出されるという不文律があった。

尾張藩は、その御三家筆頭というべき立場にある。

領地高は、尾張国に約四十七万三千三百石。

他に飛び地として、美濃国と信濃国に約八万九千八百石。別に、給人高が五万石。

合計して六十一万九千五百石が、尾張藩の公称の石高である。

しかも、これ以外に、木曽山脈には、七万石以上の収入のある美林を所有していた。

徳川幕府は、大名の石高に応じて土木工事などを負担させていたが、尾張藩の場合、木曽の山林は石高に入らないので、非常に楽な立場にあった。

それに油断したのか、二代藩主・光友の代に、早くも藩財政は悪化。

豪放な性格の七代藩主・宗春は、紀州家出身の八代将軍・吉宗の倹約政策に反発して、経済振興策をとった。

その結果、商業は活発になったものの、藩財政は、さらに悪化した。

これを建て直したのが、八代藩主・宗勝と九代藩主・宗睦《むねちか》の父子である。

この宗睦の嫡子《ちゃくし》が早世したために、御三卿の一橋家から迎えられたのが齊朝《なりとも》で、これが現在の十代藩主となった。皮肉なことに、齊朝は、吉宗の玄孫《やしゃご》にあたる。

御三家筆頭の大藩だけあって、尾張藩は、江戸府内に中屋敷を二ヶ所、下屋敷を六ヶ所に有していた。

そして、尾張藩江戸上屋敷は、市ケ谷にあった。広さは、七万五千坪である。

その日の午後——江戸城外濠《そとぼり》に沿った道を、油樽を積んだ七台の大八車《だいはちぐるま》が、市ケ谷門の方へ向かっていた。

尾張藩上屋敷へ行灯《あんどん》用の油を納入する、日本橋の油問屋〈難波屋《なんばや》〉の一行であった。

通行人たちは、大八車に立てられた〈尾張家御用〉の木札を見て、あわてて道を譲る。

一台の大八車には、舵取りが一人と後押しが二人で、三人の人足がついていた。

積んでいる樽は三個ずつだから、全部で二十一個である。

先頭には、難波屋宗右衛門と人足頭がいた。

人足頭は四十前後の逞しい大男で、手拭いで頬冠《ほおかぶ》りをしているが、堅気にしては獰《どう》猛《もう》な顔つきをしている。

額が迫《せ》り出して、眼窩《がんか》が深く、その奥底の眼には、青白い刃《やいば》のような光が灯《とも》っていた。

「難波屋の旦那、どうしなすった。顔色が蒼《あお》いぜ」

大男は、からかうような口調で、

「何か、悪いものでも喰ったかね」

「やめてくれ。私は、心の臓が早鐘のように鳴って、今にも倒れそうなんだ」

宗右衛門は、苛立《いらだ》たしげに言うと、脂汗を拭った。

「心配することはねえ」

人足頭――いや、稀代《きたい》の凶賊〈業人の寒兵衛〉は、ふてぶてしい嗤《わら》いを浮かべる。

「俺たちは、油樽を持って上屋敷へ入り、空き樽を持って出てくる――それだけの事よ。何の問題もありゃしねえや。もっとも、空き樽の中にゃあ、二万両が眠ってるって寸法だがな」

無論、大八車の人足たちも全員、五街道を荒らしまわった寒兵衛の乾分だった。

業人三魔衆の明後日松や愚図六が引き連れていた手下が、江戸で集めた新参者ばかりだったのは、この大仕事のために、寒兵衛が乾分たちを温存していたからである。

難波屋の油蔵から出発した一行が時には、本物の人足たちだった。

それが、途中の茶屋で一休みした時に、寒兵衛一味と入れ替わったのである。

何時《いつ》、何処《どこ》で入れ替わるか、それは難波屋宗右衛門にも知らされていなかった。

「私は、お前さんの言う通りにした。お涼をかどわかされた事も、御金蔵破りの手引きをしろと脅迫されたことも、一言たりともお役人には話していない。あの彦六という岡っ引には、ずいぶんと執拗に尋問されたが……だから、お前さんも約束を守ってくれ。私たち一家には手出ししないと、誓ってくれ」

「わかっているとも。あの彦六って野郎には、弟だけじゃなく、三魔衆まで殺《や》られた。しかも、俺が可愛がっていた夢千代まで、捕縛に抵抗したというだけで、殺しやがった……あいつだけは、この世に生まれてきた事を後悔するほど、たっぷりと仕返ししてやる」

寒兵衛は、ぎりっと歯噛みした。

難波屋宗右衛門は、その陰惨な表情に、怖気《おぞけ》をふるいながらも、

「だが……夢千代が死ぬ前に、何か喋ってるんじゃないかねえ」

「それなら、旦那は、とっくに牢の中よ。尾行や待ち伏せをされてる気配もない。安心して、もう少し、しゃっきりしな。門鑑《もんかん》を出す時に手が震えてちゃあ、様《さま》にならねえ」

「わ…わかった……」

「市ケ谷御門が見えてきた。もうすぐだな」

寒兵衛は、頑丈そうな顎を撫でる。

4

裏門は、上屋敷の敷地の南側にあり、道をはさんだ向かい側は、広い火除地《ひよけち》だ。

火除地とは、明暦の大火の後に、市中に設けられた空き地のことだ。

町と町の間に空き地を置くことによって、家屋の密集を緩和し、延焼を防ぐのが目的である。

梅雨時《つゆどき》だから、火除地は、青々と伸びた背の高い雑草におおわれていた。

少し奥へ入ると道からは何も見えないので、ごろつきなどが、通りがかりの女を火除地に連れこんで、悪さをすることが多いという。

「難波屋でございます。油の納入に参りました」

宗右衛門は、顔見知りの門番に、門鑑を差し出した。

一緒に出した心付《こころづけ》は、さっと門番の手の中に消える。

すぐに門が開いて、大八車の一行は、上屋敷の中へ入った。

内塀と長屋に挟まれた通路を、まっすぐに進み、右へ折れると、その突き当たりが油蔵である。

その前で、油蝋燭方役人《あぶらろうそくかた》が来るのを待つ。

寒兵衛が見上げると、空は薄墨を流したように、どんよりと曇《くも》っていた。

「難波屋、いつもご苦労だな」

油蝋燭方役人の浅見左近《あさみさこん》は、小柄な中年の侍であった。

宗右衛門が丁寧に挨拶すると、大八車に乗っている樽の数を確認して、蔵の鍵を開き、

「では、いつものように、油蔵へ納めてくれ。作業が済んだら、報告するように」

何の疑問もいだいていない様子で、そう言うと、左近は去った。

宗右衛門は、音を立てないようにして、長々と吐息を洩らす。

第一の難関を突破した安堵《あんど》と、ついに犯罪を幇助《ほうじょ》をしてしまったという悔恨から、膝の力が抜けて、その場に座りこみそうになった。

「おい、本番はこれからだぜ」

豪商の胸中を見抜いたように、寒兵衛は、相手の脇腹を突ついた。

それから、人足に化けた乾分たちに「それっ」と合図する。

鼠《ねずみ》のように貧相な顔をした平八《へいはち》が、さっと内塀の角まで走り、そこで見張りについ

た。

他の者たちは、大八車の下へ潜《もぐ》りこんで、その底に隠しておいた梯子《はしご》を取り出す。

四尺ほどの短い梯子を接続して、長くて頑丈な梯子を二本、組み立て上げた。

それを、油蔵の裏手に運ぶと、身軽な伝八《でんろく》が内塀の屋根に飛びつき、向こうの様子を窺《うかが》う。

そこにあるのは、金蔵であった。

財政建て直しに成功した尾張藩は、この金蔵に常時、三万両もの非常用資金を貯えているのだ。

人影がないことを確認してから、内塀に梯子を立て掛ける。

それから、金蔵側にも梯子を立てた。

これが夜ならば、金蔵番もいれば警備役人の巡回もあり、御金蔵破りは困難を極める。

しかし、まさか、真っ昼間に大名屋敷の金蔵を破る者がいるとは誰も思わない。

その盲点を、寒兵衛は突いたのである。

業人三魔衆が、上屋敷の奉公人たちを誘拐して拷問して情報をとり、金蔵の周囲に人けのなくなる時間を推定するという用意周到な犯行であった。

伝八は、巨漢の重十《しげじゅう》たち三人と、金蔵に近づいて、合鍵を取り出した。

重箱に入れた菓子や寿司を売るという名目で武家屋敷を廻っては、中間や下級武士相手に軀《からだ》を売る私娼を、〈提重《さげじゅう》〉と呼ぶ。

寒兵衛は、二人組の美しい提重を使って、金蔵番の詰所に入りこませ、一人が藩士にサービスしている間に、もう一人が、粘土に鍵の型をとったのであった。

無論、その二人は用済みになった後で、寒兵衛が直々に、〈始末〉している。

伝八が合鍵を使って、金蔵の扉を開くと、力自慢の重十たちが、中の千両箱を次々と運び出した。

数十キロの重さの千両箱は、リレー式に金蔵の裏から内塀を越えて、油蔵の中へ運びこまれる。

乾分たちの半数は、蔵の中で、空き樽の中に千両箱を隠す。

箍《たが》を緩めて上蓋を外し、千両箱を入れて、また上蓋をするという作業を、音を立てないように、かつ迅速に行なうのだ。

寒兵衛は、油蔵の入口で作業を監視しつつ、角で見張りをしている平八にも気を配る。

宗右衛門は、蔵の隅で、忙《せわ》しなく爪を噛んでいた。何かしていないと、堪《たま》らないのだろう。

それと対照的に、寒兵衛の方は、活《い》き活《い》きとした表情になり、微笑すら浮かべていた。

（御三家の御金蔵から、白昼堂々、二万一千両を盗みだす……お江戸開闢《かいびゃく》以来の大事件だろうよ）

俺は石川五右衛門《いしかわごえもん》や日本駄右衛門《にほんだえもん》以上の大盗賊だ——と自画自賛する寒兵衛の胸には、並の盗人と違って、不安など微塵もない。

大胆不敵な犯罪を決行しているという、途方もない昂揚感《こうようかん》があるだけであった。

やはり、この残忍無類な凶盗は、常人とは、全く別の世界に生きている怪物なのだ。

（それにしても、大名屋敷というのは存外、静かなものだな……）

二十一個の千両箱を運び出した伝八たちが、金蔵の錠を元どおりにして、油蔵の方へ戻って来た。

組み立て梯子を解体して、大八車の底へ隠してから、本物の油樽を車から降ろす。

その頃には、蔵の内部でも、空き樽に千両箱を隠す作業を終えていた。

さすがに、盗人どもの間に、ほっとした空気が流れる。

これが、藩士たちが作業の様子を見に来たとしても、何の心配もないわけだ。

「それ。もう、ひと踏張《ふんば》りだぜっ」

「へいっ」

寒兵衛の言葉に、男たちは、てきぱきと樽の交換作業を行なった。剥《む》き出《だ》しの胸や腕に、汗が流れ落ちる。

新しい油樽を蔵の内部に並べ終わり、〈空き樽〉の最後の一個を大八車に乗せたところで、見張りの平八が、さっと片手を上げた。

「役人が来たようだ。心配するな、何も怪しまれることはねえ」

寒兵衛は、乾分たちを元気づけた。

平八は、転がるような勢いで、油蔵の前に戻って来る。

作業終了を報告に行くまでもなく、油蝋燭方役人の浅見左近は、同僚とともにやって来た。

蔵の中の油樽を調べて、帳面に書きこみ、連名で署名する。

「問題ないようだ。引き上げてよいぞ」

「有難うございます」

心底から、難波屋宗右衛門は言う。

左近たちが詰所に戻ると、大八車の一行は、裏門への移動を開始する。

「さすがに、お頭の計画に狂いはねえ。あっけないほど簡単でしたね、お頭」

先頭の大八車の舵取りをしている伝八が、にやにや嗤《わら》いながら言った。

「こんなことなら、もっと樽の数を増やして、三万両そっくり頂戴《ちょうだい》しちまえばよかった」

「おい、伝八。そいつは、欲の掻《か》きすぎってもんだぜ。欲と千擦《せんず》りは、あんまり掻きすぎねえ方が、身のためだ」

寒兵衛の下品な冗談に、男たちは小さな笑い声を立てた。

裏門に近づいた時、霧のように細かい雨が降り始めた。寒兵衛は眉をしかめて、

「こいつは急いだ方が良さそうだ」

「雨になれば、あっし達に注意を払う奴がいなくなって、有利じゃありませんか」

「いや……道が柔らかくなると、轍《わだち》を見て空き樽じゃないと気づく奴が、いるかも知れねえんだ。それに、俺たちの向かった方角が、はっきりと残っちまう。早く、ここから抜け出した方が、よさそうだぜ」

「なるほど」

門番の詰所の前に来たので、二人は口を閉じた。宗右衛門が門番に挨拶すると、裏門が開かれる。

がらがらと音を立てて、七台の大八車は、尾張藩上屋敷の外へ出た。

彼らの背後で、門が閉じられる――その瞬間、寒兵衛の顔色が変わった。

「みんな、気をつけろっ」

その言葉を最後まで言う前に、眼前の火除地から、どっと飛び出した集団があった。

捕縛用武器を抱えた、南北町奉行所合同の捕方《とりかた》たちである。

百人近い捕方たちは、弧を描いて、寒兵衛一味を包囲した。彼らの背後にある上屋敷の門は閉じられているから、逃げ道はない。

捕物支度の同心が、捕方たちの前に出て、

「わしは北町奉行所同心、速水千四郎である！　業人の寒兵衛一味の者ども、大人しく縛《ばく》につけいっ！」

5

南北の両町奉行が協議し、老中に具申した〈奇策〉が、これであった。

先日――夢千代が白状した隠れ家には、すでに、寒兵衛一味の姿はなかった。

夢千代が捕縛されて、尾張藩上屋敷の御金蔵破り計画が発覚したと知れば、さすがに寒兵衛は、それを断念するだろう。

しかし、その代《か》わりに、もっと大胆で残忍な犯罪を企てるかも知れない。

自棄《やけ》くそになって、放火で江戸中を火の海にすることも、考えられるのだ。

そこで、夢千代は捕物の際に死亡したことにし、その偽情報を江戸の暗黒街に流した。

これを寒兵衛が信じれば、御金蔵破りを実行に移すであろう。その時に、一味を一人残らず、一網打尽にしようというのだ。

その現場指揮官に選ばれたのは、当然、北町の速水千四郎である。

難波屋への人の出入りが見張られたのは勿論、店の者ひとり一人に、監視がつけられた。

案の定、下女《げじょ》や丁稚《でっち》が使いで外へ出た時に、寒兵衛の連絡文が渡されていたが、千四郎はあえて、その文《ふみ》を渡した者を深追いするのを避けた。寒兵衛たちに、警戒心を起こさせないようにである。

油を搬入する時、寒兵衛一味が、どこで人足たちと入れ替わるのかが不明なので、大胆にも、尾張藩上屋敷に罠を張ることにした。

人足に化けた寒兵衛一味を屋敷内に入れて、予定通りに千両箱を盗み出させ、彼らが裏門から外へ出たところで、一人残らず捕縛する——という策である。

当たり前のことだが、老中から相談を受けた尾張藩江戸家老の坂崎忠勝《さかざきただかつ》は、協力を拒否した。

が、尾張藩にも弱みはある。奉公人が、不審な死や失踪をとげているというのに、これに深く注意を払わなかったことだ。

さらに、提重に金蔵の鍵の型を採《と》られた事は、弱みどころではない、大失態である。

藩祖義直侯から、武勇をもってなる尾張藩の足元が、かくも隙だらけだと世間に知れたら、物笑いの種にされよう。

そこを指摘した上で、老中は、じんわりと懐柔《かいじゅう》した。

千両箱には密《ひそ》かに、古釘や瓦の欠片《かけら》を詰めておけば、万が一の場合でも、実害はない。

そして、寒兵衛たちが犯行をやりやすいように、藩士たちに行動させる。

盗人《ぬすっと》どもが、後生大事に屑を詰めた千両箱を積んで外へ出たら、裏門を閉じるだけ。

あとは、町奉行所の捕方たちが、一味を召し取るという手筈《てはず》だ。

尾張藩は天下万民のために、五街道を荒らし廻った凶盗を捕縛する作戦に進んで協力し、奉公人たちを犠牲にし、鍵の型も、わざと採らせた——という内容の報告書を作成するという密約を、老中と坂崎忠勝は結んだのであった。

いささか筋立てに無理はあるが、形式さえ整っていれば、それで、尾張藩の名誉は保たれるのだ。

こうして、油の搬入日がやって来た。

市ケ谷の要所要所で待機していた捕方たちは、難波屋の一行が上屋敷へ入ったという報告を聞いて、ただちに裏門前に集合した。

そして、三分の二の第一陣が、火除地の雑草の中に身を隠し、残り三分の一の第二陣が、それを遠巻きにしていた。

第一陣の指揮官が、北町同心の速水千四郎で、第二陣の指揮官が、南町の岡倉《おかくら》庄兵衛《しょうべえ》という与力《よりき》であった。

第二陣の捕方たちは、第一陣を突破した者がいた時に、それを召し捕るのが役目だから、どんなに第一陣の連中が苦戦していても、決して持ち場を離れてはならない。

寒兵衛一味の捕縛は、捕物というよりも、ほとんど戦《いく》さなのである……。

「難波屋――っ！」

業人の寒兵衛は、怒声とともに懐から抜いた匕首《あいくち》で、難波屋宗右衛門の首筋を引き裂いた。

悲鳴をあげる間もなく、ぱっくりと開いた傷口から血柱を噴き上げて、何が何だかわからないまま、宗右衛門は横ざまに倒れる。

千四郎とて、寒兵衛一味が素直に縛《ばく》につくとは、思っていなかった。宗右衛門が殺られた瞬間に、「投げろっ！」と命じる。

捕方たちが、それっと投げつけたのは、卵の殼の中に砂や唐辛子などを詰めた、目潰しだった。

うまく顔面に命中すれば勿論、肩や腹に当たって割れても、刺激物が煙幕のように周囲に飛び散って、犯罪者の視力を奪うという仕掛けである。

だが、目潰しの効果は思ったほどではなかった。二十一人のうち、三、四人は目を痛めたが、他の者は霧のような雨に救われて、さして被害はない。

「梯子《はしご》っ」

千四郎は、第二波の攻撃を命じた。

二人ひと組で、横向きにした長い梯子を押し出して、相手の行動を制限したところで、刺股《さすまた》、突棒《つくぼう》などで完全に動けなくするという作戦だ。

ところが、さすがに場数を踏んでいるだけあって、寒兵衛の方が一枚上手であった。

「車だっ、大八車を使え！」

古参の乾分《こぶん》たちは、それだけで頭目の命令を理解した。大八車の舵に飛びつくと、それを押して後ろ向きに走らせる。

大八車自体が重い上に、偽物とはいえ千両箱入りの樽を積んでいるのだから、その突進力は大したものであった。

梯子組の連中は弾《はじ》き飛ばされ、ある者は第八車に腹部を轢《ひ》かれて、後門から内臓が飛び出してしまう。

手強い逆襲に、数では四倍の捕方たちの方が、わっと浮き足だった。

「怯《ひる》むなっ、かかれっ」

鎖帷子《くさりかたびら》を着こみ鎖籠手《ごて》と鎖脛当《すねあて》をつけた速水千四郎は、刃引《はび》きの鉄刀《てつがたな》を抜いて、自ら斬りこんでゆく。刃引きとはいえ、急所を一撃すれば命を奪うことも可能だ。

怪我を負わせることは勿論、手向かう場合には殺してもかまわない、絶対に一人も逃すな——と北町奉行から直々に厳命されている、千四郎であった。

「旦那っ」

そばに控えていた彦六も、鉄十手を構えて、千四郎のあとを追う。

春吉小僧のお春も彼に同行したがったのだが、強く言い聞かせて、危険の少ない第二陣の方へ参加させている。

大八車を押していた平八の肩口に、千四郎の鉄刀が降り下ろした。

「ぎゃっ」

鎖骨を砕かれ、踏み潰された蛙みたいな濁った悲鳴をあげて、平八は倒れる。

さらに千四郎は、武器を持てなくするために、平八の右手を踏《ふ》み躙《にじ》った。

その背後から、伝八が匕首で突きかかる。

「あぶないっ」

彦六は捨身の体当たりで、千四郎を救う。伝八は匕首を放り出して、横向きに地面に転がった。

「彦六！」

その短い言葉に感謝の気持をにじませて、千四郎は、伝八のこみかみに鉄刀を叩きつけた。頭蓋骨に輝《ひび》の入った伝八は、耳から出血しながら、意識を失う。

千四郎と彦六の奮戦に元気づけられた捕方たちは、再び、寒兵衛一味に立ち向かった。

「犬めらが……重十っ！」

寒兵衛の言葉に、相撲取りのような巨漢の重十が、野獣のような雄叫《おたけ》びをあげた。

大八車の荷台をつかむと、三個の油樽を乗せたままのそれを、高々と持ち上げたではないか。そして、それを驚愕している捕方たちの方へ投げつけたのだ。

大八車の直撃をくらった二人の捕方は、一人は頭部が砕け散り、一人は胴体が半《なか》ばちぎれてしまった。

地面に激突すると、固定していた縄が切れて、油の空き樽が吹っ飛ぶ。

それでまた、数人が重傷を負ったが、樽もばらばらになり、中の千両箱も割れた。

古釘や瓦の欠片などが、周囲に散らばる。

「あれは……しまった、謀《はか》られたかっ」

千両箱の中身が屑《くず》と知った業人の寒兵衛は、悪鬼のような形相になった。

しかし、すぐに、千両箱が偽物なら、身ひとつで逃げた方がよい、と気づいたのだろう。

「重十、扉だっ」

「おう！」

馬のように面長《おもなが》の巨漢は、上屋敷の裏門に体当たりする。門全体が、揺らいだ。

さらに、もう一度、体当たりをすると、信じられないことに、閂《かんぬき》がへし折れて両側の蝶番《ちょうつがい》が弾け飛んだ。そのまま、一対の門扉《もんぴ》が内部へ倒れこむ。

複数の悲鳴が上がった。

門の内側には、捕えられた寒兵衛一味を見物しようと、大勢の藩士が集まっていたのである。その中の数人が逃げ遅れて、倒れた門扉の下敷きになったのであった。

「みんな、こっちだっ！」

寒兵衛の号令で、盗人どもは大名屋敷に雪崩《なだれ》こんだ。尾張藩士たちは、あわてて刀を抜いたが、まさかの事態に、腰が浮いている。

千四郎たちも、彼らを追って屋敷内へ飛びこもうとしたが、

「ならん！　不浄役人の立ち入りは許さんぞっ」

乱戦の中で、わめいたのは、江戸家老の坂崎忠勝であった。

「そのような事を申されている場合では、ございません！　非常時ですぞっ」

速水千四郎も、声を張り上げたが、

「木っ端《こっぱ》役人の分際で、御三家筆頭の家老に意見する気か、控《ひか》えろっ」

予想を裏切る非常事態に、第二陣の南町与力も、裏門の方へ駆けて来た。

銀色の雨の中で、その混乱は極《きょく》に達しようとしている。

6

「どけどけっ、どいてくれ――っ」

まだ降り続いている霧雨の中を、捕物支度の彦六たちは走っていた。

市ケ谷から大久保村へと通じる道で、両側は田畑である。畔道《あぜみち》にいた百姓の老爺《ろうや》が、唖然《あぜん》として一行を見つめていた。

業人の寒兵衛は、逃げた。

寒兵衛だけではない。信じられないような怪力の持ち主である重十も、和助《わすけ》という小男も、三人とも手傷を負いながら、尾張藩上屋敷から逃亡してしまったのだ。

南北町奉行所の失態ではあるが、それ以上に、尾張藩側の過失が大きかった。

捕方たちを屋敷の中に入れる入れないで問答している間に、ほとんどの盗人は藩士たちに斬り殺されたものの、寒兵衛たち三人だけは、大混乱の屋敷の中を突っ切り、何と、表門の潜り戸《くぐりど》を叩き壊して外へ逃げたのである。

秘密が洩れるのを防ぐために、今回の罠は、直前まで、ごく一部の藩士にしか知らされていなかった。いかに武芸自慢の多い尾張藩士といえども、赤穂浪士《あこうろうし》の討ち入《うい》りでもあるまいに、この太平の世に、藩邸内で合戦《かっせん》が始まるとは、予想もしていなかったのである。

ひどい藩士になると、興奮のあまり、間違えて同輩を傷つけたり、自分の足指を斬ったりする始末であった。

捕物道具を持った捕方たちが中へ入っていれば、そこまでの醜態はなかったはずだが、ひとえに、江戸家老・坂崎忠勝の判断力の無さが、最悪の事態を招いたのである。

「わしは、殿《との》に何とお詫《わ》びすればよいのだっ、その方《ほう》たちの責任だぞ！　武士なら武士らしく、即刻《そっこく》、腹を切れっ」

ヒステリックにわめく忠勝の相手をしている暇は、速水千四郎たちにはなかった。

千四郎と岡倉庄兵衛は、ただちに両町奉行所へ小者《こもの》を走らせて、寒兵衛逃走の事実を報告させた。

それから、生き残った盗人どもの中で、比較的、活《い》きのよい伝八と平八を火除地の中へ連れこみ、凄惨な拷問にかけた。寒兵衛たちの逃走先を、白状させるためにだ。

伝八は口が堅かったが、平八の方は、左の膝頭を六尺棒で砕かれると、簡単に吐いた。

「お、大久保……大久保村の西の外れ、六地蔵の近くに……空き家になった寮がある。俺たちは……そこで旅支度をして、甲州街道から加賀へと逃げるつもりだったんだ……」

息も絶え絶えに平八が言うと、両手を十手で潰されても耐えていた伝八が、それを認めた。

庄兵衛に後の始末を頼み、千四郎は、体力の残っている者十五名を選抜して、大久保村へ向かうことにした。無論、彦六も、その十五名の中に入っている。

千四郎に率《ひき》いられた十五名は、ひたすら走った。春吉も途中まではついて来たようだが、脚力の差で脱落したようであった。

見えなくなった春吉の心配をしつつ、彦六の胸の中では、別の不安が頭をもたげていた。

（どうやら、その空き家になった寮というのは、寒兵衛一味の最後の隠れ家らしい……すると、そこにはお幸《ゆき》という娘も……）

寒兵衛の情婦であるお幸という娘が。もしも、生き別れになった実の妹だとしたら、自分はどうすればよいのか——その結論は、まだ出ていない彦六であった。

「六地蔵だ……」

ようやく、目印を見つけた千四郎は、一行を林の中で休ませた。

さすがの彦六も、濡れた雑草の上に大の字になると、口を開いて雨粒を受ける。

寮を確認した千四郎は、何とか気力を取り戻した捕方たちを、四人づつ四隊に分ける。

そして、寮の四方から近づいて、同時に中へ踏みこんだ。彦六たちは、土足のまま玄関から駈け上がり、座敷へと乱入する。

「旦那……」

十二畳の座敷の真ん中に、和助が倒れていた。

肩の傷に晒《さら》しを巻いているが、血のにじんだそこに、蝿がたかっている。絶命していることは、明白であった。

近くには、消毒用に使ったらしい焼酎の徳利《とくり》や晒し布の余りなどが散らばっている。

他の三方から踏みこんだ捕方たちも、その座敷へ集まって来た。

「速水様っ、誰もおりませんっ」

「裳抜《もぬ》けの殻《から》ですっ」

千四郎と彦六は、顔を見合わせる。

「くそっ、一足遅かったか。だが、まだ遠くには――」

その時、ぎしっ……と天井が鳴った。

彦六の第六感は、野獣のように鋭かった。

「旦那っ！」

反射的に、千四郎の袖をつかむと、中庭へ飛び出す。ほぼ同時に、大音響とともに天井が崩れて、数十個の石が落下して来た。

逃げ遅れた十四名の捕方たちは、漬物石ほどもある石に頭や肩を砕かれて、天井の残骸の下敷きになってしまう。ほぼ半数は即死で、残りも重傷を負った。

狡猾《こうかつ》な寒兵衛は、乾分が口を割ることを予想して、ここに罠を仕掛けていたのだ。

千四郎も、跳ねた石が腰にぶつかって、呻《うめ》いた。どうやら、腰骨に皹《ひび》が入ったらしい。

「速水の旦那。すぐに村役《むらやく》に報《しら》せて、医者を呼んできますからっ」

「お、俺はいいから……下敷きになってる連中を……」

庭に横たわって、脂汗《あぶらあせ》を流しながら、千四郎は言う。

「へいっ、すぐに村の衆を連れてきます！」

彦六は、裏木戸から外へ出た──その瞬間、後頭部に衝撃が走って、目の前が真っ暗になる……。

7

──目覚めた時に、彦六は、自分が悪夢の渦中にいることを知った。

「気がついたようだな……彦六」

寒兵衛の声がする。

そこは、荒れ寺の本堂のようであった。両手首と両足首に分厚い木の枷《かせ》を嵌《は》められて、彦六は、埃《ほこり》の積もった床に転がされていた。

それとわかった瞬間、彼の全身から冷たい汗が噴き出した。まさに絶体絶命である。須弥壇《しゅみだん》には、売り払われたのか盗まれたのか本尊《ほんぞん》の姿はなくて、そこに寒兵衛が胡坐《あぐら》をかき、全裸の娘と交わっていた。

娘は座位の形で、これも裸の寒兵衛の軀《からだ》に腕と足を絡めて、しきりに臀《しり》の双丘を蠢《うごめ》かしている。脂がのった真っ白な臀であった。小柄で骨細だが、臀部は豊満であった。

背中を向けているので、はっきりとはわからないが、胸も豊かなようである。臀部も背中も全身を汗まみれにして、娘は、か細い悦声《よがりごえ》をあげている。

（これがお幸か……っ！）

実の妹かも知れない娘が、鬼畜のような凶悪犯に抱かれて、喜悦に溺《おぼ》れている——これが悪夢でなくて、何であろうか。

しかも、彦六自身、無残な嬲《なぶ》り殺しを待つしかない状態なのだ。後ろ手に縄で縛られているのなら、帯の間に隠した剃刀の刃が使えるのだが、木の枷ではどうにもならない。

それに、懐にしまっておいた隠し武器〈流れ星〉も消えていた。

本堂の隅には、巨漢の重十が転がって、いびきをかいていた。周囲には、喰い散らかした食物の残りや、空になった酒の徳利などがある。燭台では太い蝋燭が燃えて、本堂の内部を照らしだしていた。外は薄暗く、梅雨とは思えぬほど激しく雨が降っている。

彦六は、胃袋に鉄の塊を呑《の》みこんだような気分であった。流れ星は、二間《けん》ほど先に落ちていたが、どうしようもない。

「よしっ、こうか、こうかっ」

娘の臀肉を鷲《わし》づかみにすると、寒兵衛は、激しく突き上げた。

「ひぐっ……いいよ、凄くいいよォォォっ」

島田に結った髪が、崩れんばかりの勢いで首を振りながら、娘は達した。臀の双丘が、漣《さざなみ》のように痙攣するのが見える。

同時に、寒兵衛も放ったようだ。

ややあってから、寒兵衛は娘の軀《からだ》を脇に転がして、後始末をする。

それから下帯《したおび》を締めると、須弥壇を降りて、彦六の方へやって来た。にやにやと嗤っている。

精一杯の憎悪をこめて睨み返したが、彦六は、恐怖のために腹筋が痙攣するのを止めることが出来なかった。

娘の方は失神しているのか、まったく動かない。

「ようやく、ご対面がかなったぜ。おめえが……俺の弟を磔台《はりつけだい》に送ってくれた、彦六兄貴だな。そうだろ？」

寒兵衛は、彼の前にしゃがみこんだ。

「吉左《きちざ》の野郎が磔になったのは、当然じゃねえか。罪もない四人の子供を犯して殺した上に、その死骸までも…」

ばしっ、と彦六の右頬が鳴った。

寒兵衛の平手打ちをくらって、顔の右半分が痺れたようになってしまう。

「おめえが、あの仕掛け天井に押し潰されなくて、本当に良かったよ。おめえだけは、俺の手で一寸刻みに嬲《なぶ》ってやらねえと、弟が成仏《じょうぶつ》できないからな」

「ち…知恵のまわる野郎だ……隠れ家に、あんな仕掛けをしておくなんて……」

「ふん。実を言うと、あれは、捕方殺しのための仕掛けじゃねえ。御金蔵破りが成功して、いざ、金の分配という段になったら、重十以外の乾分どもを皆殺しにするつもりだったのよ。まあ、役に立って良かった」

「お前って奴は……」

彦六は歯噛みした。

「町奉行所の犬どもを始末したのはいいが、金は一文も手に入らなかった」

寒兵衛の眼が、冷酷な光を帯びた。

「夢千代が死んだってのは、嘘だな。あの小僧が、何もかも唄ったんだろう」

「そうとも。命惜しさに、油紙に火がついたように、ぺらぺら喋りまくったぜ」

彦六は負けずに、白い歯を見せて嘲笑してやる。

「なかなか元気のいい奴だ」

彼の手を撫でながら、寒兵衛は言う。

「ところで、彦六兄貴よ。弟の吉左は屍姦趣味だし、業人三魔衆も、極めつけの変態ぞろいだった。ひどく変わったやり方でしか、満足できねえんだ。で……この寒兵衛様は、どういう趣味だと思う？」

「…………」

彦六は、自分の胃袋がねじられるような感覚に襲われる。寒兵衛は、彦六の左手の人差し指を口を近づけて、静かに言った。

「俺はな。喰うのが趣味なんだ、人間を生きたまま喰うのがな」

考える余裕すらなく、反射的に、彦六は凶盗を蹴った。不意をつかれた寒兵衛は、一間ほど後ろへ吹っ飛ぶ。

その派手な音に、重十が目を覚ました。

「この野郎……」

寒兵衛が立ち上がると、巨漢の重十は何を考えたのか、素早く本堂から飛び出して行った。

そして、すぐに戻って来る。脇の下には、ずぶ濡れの春吉をかかえていた。

「離せっ、畜生！」

男装娘はもがいたが、所詮、力の差がありすぎて、勝負にならない。

「お、彦六の乾分じゃねえか」

「この娘……外から様子をうかがってた……」

間延びしたような口調で、重十が言う。

「でかしたぞ、重十。……よし、この娘から喰ってやろう」

寒兵衛は、毒々しい笑顔になった。

カニバリズム――人肉嗜食《ししょく》は、性的倒錯の一種とされている。

アメリカでは、〈ミルウォーキーの人喰い鬼〉と呼ばれたホモセクシュアル殺人犯のジェフリー・ダーマーは、十一人の若者を犯し殺して、フライにして常食した。

ロシアでは、〈ロストフの切り裂き魔〉こと、アンドレイ・ロマノヴィチ・チカテイロが、十二年間に五十三人の少年少女や女性を殺害して、生《なま》のまま貪《むさぼ》り喰った。

中国の『水滸伝』や『三国志演義』にも人肉食のエピソードがあるが、日本では、戦国期の籠城《ろうじょう》や大飢饉《だいききん》の時以外には、食人事件の記録は少ない。

だが、異常性欲者の集団である〈業人一味〉の頭目・寒兵衛は、人肉嗜食狂——つまり、究極の異常殺人者なのであった。

「やめろ、喰うなら俺から喰えっ！」

彦六は叫んだ。

「親分っ、助けてぇぇ——っ！」

春吉は蒼白になって、悲鳴をあげる。

その時、本堂の表と裏から、突然、四人の武士が飛びこんで来た。四人とも、覆面をして、襷掛《たすきが》けに袴《はかま》の腿立《ももだ》ちをとっている。

「何者だっ⁉」

寒兵衛は、下帯に差していた匕首を抜いた。

巨漢の重十も、春吉を放り出して、六尺棒を手にする。

「この場にいる全員に、死んでもらう……」

リーダーらしい武士が、低い声で言った。

「ん……そうか。てめえら、尾張藩の刺客《しかく》だな。自分たちの失態を誤魔化すために、口ふさぎに来やがったか！」

「問答無用っ」

四対二の闘いが始まった。

春吉は、彦六のところへ這いよると、枷の鍵を十手の柄頭で一撃する。

鍵が壊れて、彦六の両手は自由になった。

春吉は、さらに、足枷の鍵も叩く。

彦六は、礼を言うのももどかしく、床を転がるようにして、流れ星を手にした。

その間には、重十は、二人の武士の頭部を、両手で生卵のように握り潰していた。

だが、自分も、胸を二本の刀で貫かれている。

寒兵衛は、匕首を持った右手を斬り落とされたが、相手の首筋にくらいつき、喉笛を噛み破っていた。

その背中を、四人目の武士が斬り裂く。寒兵衛と相手の武士は、もつれ合うようにして倒れ、絶命した。さらに、その武士は、起き上がった全裸の娘を、袈裟《けさ》に斬って捨てる。

「すまねえ、春吉っ」

彦六が武器を手にして立ち上がった時には、娘は、血煙《ちけむり》の中に倒れていた。

彦六の全身から、憤怒の炎が噴出した。

「――――っ‼」

言葉にならない叫びとともに、流れ星の手裏剣を放つ。

それは、振り向いた覆面武士の眉間に命中して、半寸もめりこんだ。

ぶっ倒れた武士には目もくれず、彦六は、血まみれの娘に駆け寄った。血の気のない頬を叩いて、

「おい、お幸！　俺だ、兄《あん》ちゃんの彦六だ、わかるかっ」

娘は力のない瞳で、彦六を見た。その唇が震えて、何か言いかけたが、そのまま命の灯が消えてしまう。

「お幸……死ぬな……死んじゃいけねえよ、お幸っ！」

彦六は、喉が破れんばかりに絶叫した。

8

それから——半月ほどが過ぎた。

彦六は、小石川にある菩提寺で、両親の墓の前に立っていた。そばには、春吉小僧のお春も、神妙に控えている。

墓に花を備えた彦六は、〈お幸〉という娘の冥福を祈っていた。

本来なら、寒兵衛一味の死骸はすべて、無縁仏として葬られるはずであった。

が、彦六は、速水千四郎に頼みこんで、火葬にした娘の遺骨をもらい、この墓に納めたのである。

本当の妹と確信したからではない。

別人だとしても、やはり、実の妹のお幸と同じくらい、不幸な人生を歩んできた娘に違いないのだ。そんな娘を、無縁仏にするのに忍びなかったのである。

それに、悲惨な死を遂げた父母も、娘と同じ名前の遺骨と一緒なら、満足してくれるはず——と彦六は考えていた。

例の四人組の刺客は、素性のわからぬまま、浪人として葬られた。尾張藩としては、口が裂けても、藩士と認めるわけにはゆくまい。

四人目の武士を倒したのが誰なのか、その詮議もなかったので、彦六の立場は安泰であった。

速水千四郎は、ようやく、杖をついて歩けるようになったが、完全な回復までは、あと半月ほどかかるらしい。

「——親分」お春が言った。

「お幸さんは、どこかで生きてるよ。きっと、元気にしてますよ」

彦六は、ゆっくり立ち上がって、振り向いた。男装娘を見つめて、

「おめえは、やさしい娘だな」

「へへ、へ」

お春は、照れ隠しに首筋を掻《か》いた。

彦六は、天気の話でもするような、何気《なにげ》ない口調で、

「仲人《なこうど》は徳兵衛親分に頼むとして……祝言《しゅうげん》は、いつがいいかな。来月の吉日にするか」

「はァ？」

ぽかんとした表情のお春の額を、彦六は、軽く小突《こづ》く。

「なんて顔をしてやがる。そんなに勘《かん》が悪いと、岡っ引の女房にゃなれねえぞ」

「お……親分っ」お春は、目を見開いた。

「おいらを……お嫁さんにしてくれるのっ？」

「馬鹿野郎。男の口から、何度も同じことを言わせるんじゃねえ」

彦六は笑いながら、横を向いた。その背中に飛びついた男装娘の双眸《そうぼう》から、ぽろぽろと大粒の涙がこぼれる。

その時、鉛色の空の一角が割れて、一筋の陽光が地上に降りそそいだ。

「見なよ、お春。ようやく、梅雨が明けたらしいぜ」

返事の代わりに、お春は幸せの涙で、夫となる男の背中を濡らしていた。

あとがき

前作の『外道／彦六女色捕物帖』が、おかげ様で好評だったので、第二部の本作『悪鬼／彦六女色捕物帖』も刊行されることとなった。

この『彦六』は二部作だが、第二部の『悪鬼』から先に読んでいただいても、楽しめるように書いたつもりだ。

掲載されたのは、私の心の師の一人である山手樹一郎も執筆していた由緒ある娯楽小説誌の「小説ＣＬＵＢ」（桃園書房）だ。そして、私の初の連作時代小説である『卍屋龍次』三部作を載せてもらったのも、この雑誌である。

この当時の私は、ヴァイオレンスを前面に押し出したハードボイルド風時代小説を書きまくっていて、ある編集者から「よく、こんなひどい場面が書けますね」と言われたほどである。この『彦六』は、私のヴァイオレンス時代小説の極北というべき作品だ。

ほぼ同時期に、現代物の『殺されざる者』を書き下ろしたが、これもまた、異常凶悪犯罪者が屍《しかばね》の山を築いてゆくブラッディ・アクションである。

今の私の作品は人情捕物帳や艶笑物が多くなったが、機会があれば、このような荒々しい迫力に満ちたヴァイオレンス物も、また書いてみたいと思う。

ちなみに、前作の『外道』の第二話「女斬り」に、私は「美女の履いた晒木綿《さらしもめん》製の京足袋の右足用のものでしか、興奮できない」という異常性欲者を登場させた。異常性愛に関する資料を色々と読んだ上で、実在のフェティシズムをそのまま書いてもつまらないから、時代小説に相応《ふさわ》しいオリジナルの性的嗜好を考えてみたのだ。

ところが――昨年、千葉県に「帰宅途中の女子高生を襲って、履いていた靴下を無理矢理に奪いとる男」というのが出現したのである。

ＴＶの報道によれば、九月から十二月までに四人の女子高生が被害にあっている。犯人は二十代から三十代の男で、「靴下くれよ」と叫んで、「右足の靴下だけを剥ぎ取った」という。

幸いにも被害にあった女子高生たちに怪我はなかったそうだが、続報を聞かないので犯人が捕まったのかどうか、わからない。

それにしても、「靴下の右足だけ」というのは、偶然の一致にしても、当惑してしまう。私としては、わざわざ「現実にはありえないほど屈折したフェチ」というのを考えたつもりだったのに、「現実」に追いつかれてしまったのだ。

娯楽小説家としては、「もっと想像力を鍛えなければ」と猛省した次第である。

最後になりましたが、いつも耽美で妖艶なカバー画を描いてくださる笠井あゆみ氏、編集プロダクション・トランスのH氏、そして、文芸社の文庫編集長のS氏に、この場を借りて、お礼を申し上げます。

鳴海　丈

二〇一三年二月

〈参考資料〉

『図説・日本拷問刑罰史』笹間良彦（柏書房）
『宮武外骨著作集Ⅰ／私刑類纂』（太田書房）
『切腹の歴史』大隈三好（雄山閣）
『カニバリズム／最後のタブー』B・マリナー（青弓社）
『残酷の日本史』井上和夫（光文社）
その他

本書は、二〇〇一年七月、光文社から刊行された『彦六捕物帖　凶賊編』を改題し、加筆・修正し、文庫化したものです。

文芸社文庫

悪鬼　彦六女色捕物帖

二〇一三年四月十五日　初版第一刷発行

著　者　鳴海　丈
発行者　瓜谷綱延
発行所　株式会社　文芸社
〒一六〇－〇〇二二
東京都新宿区新宿一－一〇－一
電話　〇三－五三六九－三〇六〇（編集）
〇三－五三六九－二二九九（販売）
印刷所　図書印刷株式会社
装幀者　三村淳

ISBN978-4-286-13830-5

［文芸社文庫　既刊本］

蒼龍の星㊤　若き清盛
篠　綾子

三代と名づけられた平忠盛の子、後の清盛の出生の秘密と親子三代にわたる愛憎劇。やがて「北天の王」となる清盛の波瀾の十代を描く本格歴史浪漫。

蒼龍の星㊥　清盛の野望
篠　綾子

権謀術数渦巻く貴族社会で、平清盛は権力者への道を。鳥羽院をついで即位した後白河は崇徳上皇と対立。清盛は後白河側につき武士の第一人者に。

蒼龍の星㊦　覇王清盛
篠　綾子

平氏新王朝樹立を夢見た清盛だったが後白河との仲が決裂、東国では源頼朝が挙兵する。まったく新しい清盛像を描いた「蒼龍の星」三部作、完結。

全力で、1ミリ進もう。
中谷彰宏

「勇気がわいてくる70のコトバ」――過去から積み上げた「今」を生きるより、未来から逆算した「今」を生きよう。みるみる活力がでる中谷式発想術。

贅沢なキスをしよう。
中谷彰宏

「快感で生まれ変われる」具体例。節約型のエッチではなく、幸福な人と、エッチしよう。心を開くだけで、感じるような、ヒントが満載の必携書。